洞穴玄机之
被遗弃的外星人

阳光慧◎著

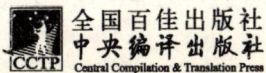

图书在版编目(CIP)数据

洞穴玄机之被遗弃的外星人/阳光慧著.—北京：中央编译出版社,2010.12
(秘境寻奇)
ISBN 978-7-5117-0631-7

Ⅰ.①洞…
Ⅱ.①阳…
Ⅲ.①长篇小说-中国-当代
Ⅳ.①I247.5

中国版本图书馆 CIP 数据核字(2010)第 218980 号

洞穴玄机之被遗弃的外星人

出 版 人	和 龑
责任编辑	王丽芳
责任印制	尹 珺
出版发行	中央编译出版社
地　　址	北京西单西斜街 36 号(100032)
电　　话	(010)66509360(总编室)　(010)66509246(编辑室)
	(010)66161011(团购部)　(010)66130345(网络销售)
	(010)66509364(发行部)　(010)66509618(读者服务部)
网　　址	www.cctpbook.com
经　　销	全国新华书店
印　　刷	北京昌平新兴胶印厂
开　　本	710 毫米×960 毫米　1/16
字　　数	180 千字
印　　张	13.5 印张
版　　次	2010 年 12 月第 1 版第 1 次印刷
定　　价	26.00 元

本社常年法律顾问:北京大成律师事务所首席顾问律师　鲁哈达
凡有印装质量问题,本社负责调换。电话(010)66509618

序言

真的有外星智慧生命吗？真的有外星人吗？

这似乎是一个千年难解的谜。

很多人声称见过飞碟，甚至见过外星人，同时他们也拍到了各种各样的有关飞碟的照片。在各国史书中也有不少疑似"外星人"的奇异记载。

另一些人则热心于寻找历史上外星人留下的痕迹。他们认为撒哈拉沙漠壁画上人物的圆形面具、复活节岛和南美的巨石建筑以及金字塔等种种无法用现代人的观点去解释的史前奇迹都与外星人有关。

对于目前外星人的存在情况，科学家们提出了种种设想，这些设想很大胆，现在看来也很离奇，但是谁又能责怪人类的想象力呢？也许有一天会找到这些设想存在的根据。

也许，外星人已经在你身边生活几千年了，因为生活的区域不同，比如他们生活在一个古老神秘的洞穴里面,只是你不知道罢了。

如果你不否认外星人曾存在过,甚至你相信始终有外星人。那么本书正在讲述的就是一个绝对超乎你想象的故事,一个外星人家族秘密隐居在地球的故事。

他们隐藏在一个神秘的大洞穴里面。那里不仅是全球最大的洞穴,更是一个存在数千年的神秘遗迹!

那里不仅隐藏了一些不为人知的神秘生态体系,更是蛰伏着一个全新的让人吃惊的物种——洞穴外星人!

在那幽暗潮湿,不见阳光,甚至与世隔绝的洞穴深处,外星人可以活到500岁。然而他们活得很孤独、很敏感,还有些可怜,因为5000年前,他们就被抛弃在这里。

外星人为什么要光临地球?为什么要制造出如此惊人的大洞穴?为什么要在洞穴深处设置各种各样的机关?更让人不解的是,他们为什么要抛弃同类?

这里面究竟有什么不可告人的惊天玄机?

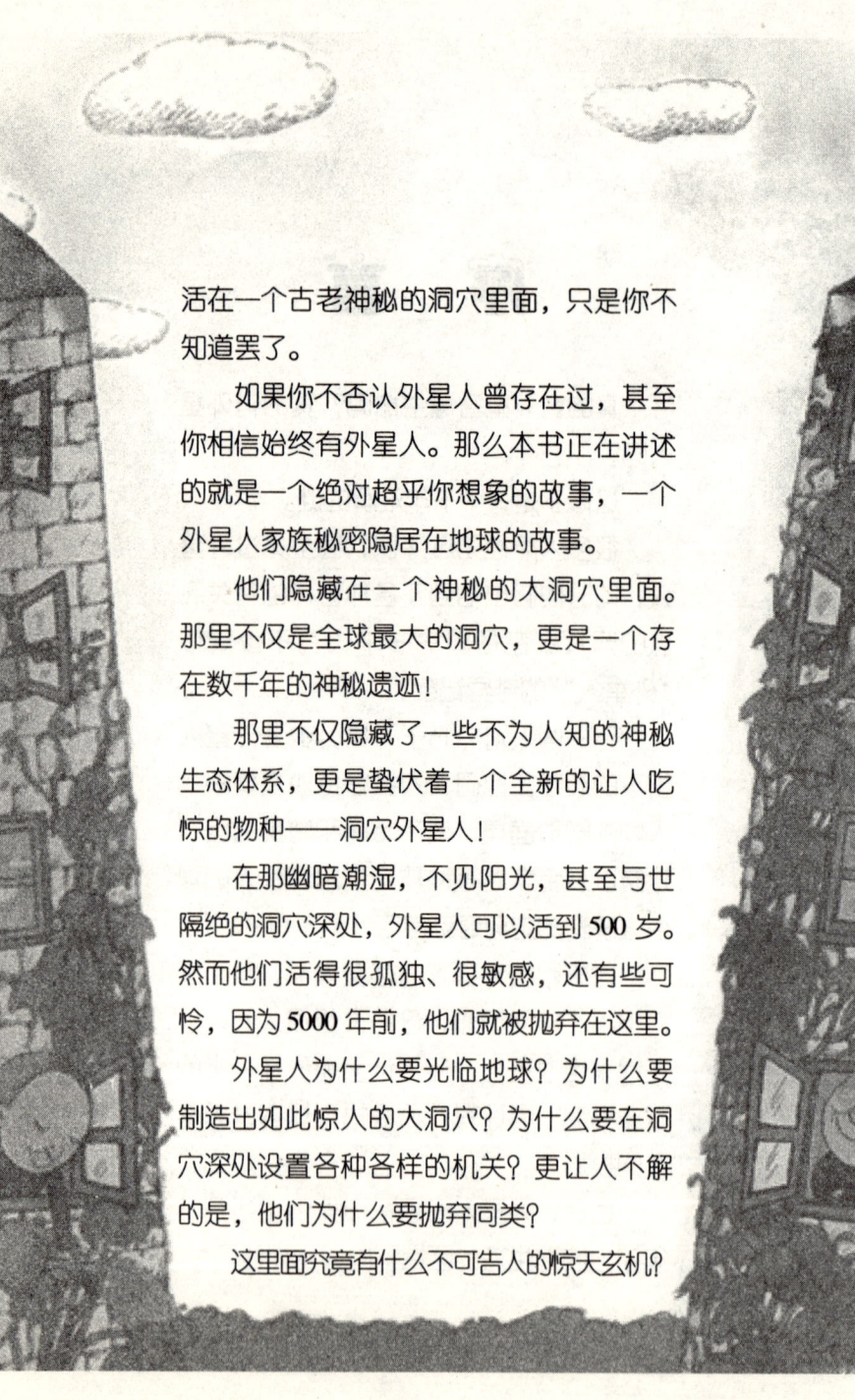

目 录

1. 大洞穴 …………………… 1
2. 开始探险 ………………… 11
3. 活物死物 ………………… 19
4. 迷惑之石 ………………… 29
5. 封印之女 ………………… 37
6. 邪魔 ……………………… 45
7. 寄生虫 …………………… 53
8. 中毒 ……………………… 61
9. 异形 ……………………… 69
10. 白光 …………………… 79
11. 古文明 ………………… 87
12. 机关重重 ……………… 95
13. 水晶棺材 ……………… 103
14. 继续探险 ……………… 111
15. 高危地带 ……………… 119

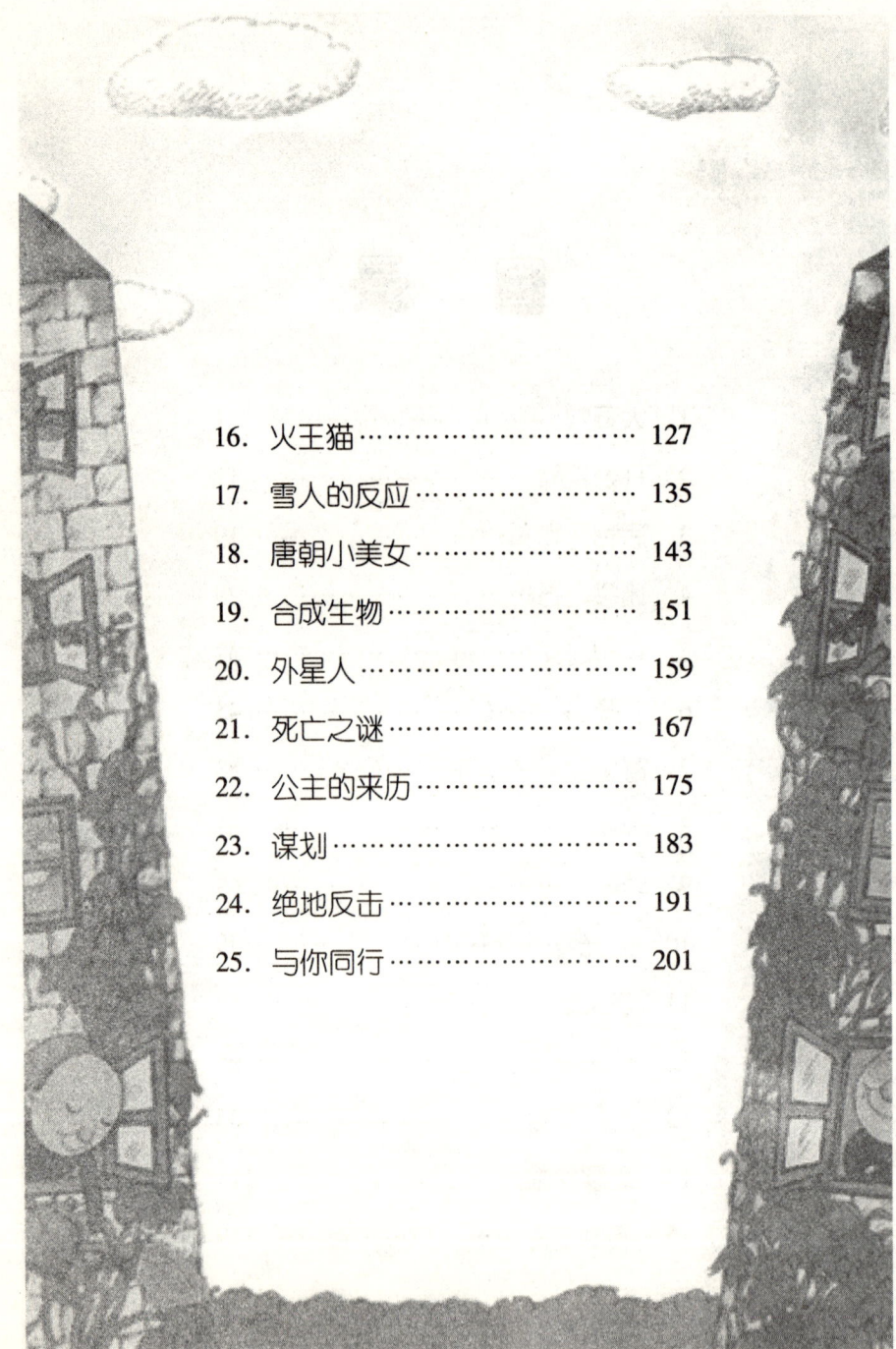

16. 火王猫························ 127
17. 雪人的反应····················· 135
18. 唐朝小美女····················· 143
19. 合成生物······················ 151
20. 外星人························ 159
21. 死亡之谜······················ 167
22. 公主的来历····················· 175
23. 谋划·························· 183
24. 绝地反击······················ 191
25. 与你同行······················ 201

1 大洞穴

世界上最深的洞穴是墨西哥的燕子洞。

世界上最大的洞穴是美国的龙舌兰洞。

当七个小伙伴来到这处神秘的洞穴之后，赫然发现与这处洞穴相比，燕子洞和龙舌兰洞根本不值一提。

这是一处惊天的大洞穴！

伟明决定用爸爸的名字将这个洞穴命名为：寒星洞。

伟明的爸爸是一位科学家，经常前往世界各地探险考察，一个月前突然离奇病死了。从此，他的眉宇间多了些许哀愁和伤感，伟明的丧父之痛用心如刀绞都已经难以形容。伟明在整理爸爸的遗物时发现了一本日记，有记录的最后一页记载了一个巨大的洞窟的地址，还有简单的素描图。

了解爸爸的伟明知道，这只是初步的探测结果。

也就是说还有许多未解之谜等待发掘……

日记开始在班内流传，同学们争相观看。

洞穴玄机之被遗弃的外星人

"马上就要放暑假了,我们去探险吧?参加的人赶紧报名!"男生象象高举日记大声说。

伟明望着他的举动,思绪飘然,他一方面喜欢探险,一方面他想弄清楚,为什么爸爸发现了洞穴后就暴病而亡。

象象正好说中了伟明的心事……

伟明看看同学们说:"这不是一般的探险,我想一定是凶险万分,希望大家慎重考虑。"

说完,他把目光落在侦探小子淘淘身上。

"既然要探必然有险。我参加!"淘淘第一个说道。

最后,七个少年组成少年探险队,动身前往大洞穴探险。七人分别是:伟明、三个小同伴、象象、双胞胎姐妹耶鹿和耶敏。

象象很胖,好吃懒做,好奇心特别重,人称胖墩子,人如其名,一称重就超标,他总是乐观地说:"大象就是这样练成的!"

本来大家不想让他去,但象象的厚脸皮是出了名的,死缠烂打非要参加,说什么组织探险是他第一个提出来的,伟明可是善良的男生,只好答应让他参加。

双胞胎姐妹有勇无谋,好在有强而有力的金钱后盾,能为探险队提供经费。

三个小伙伴指的是淘淘和他最好的两个朋友:文文与安琪。他们三个团结友爱,互相帮助,不离不弃是出了名的。

飞机脱离起跑线那一刻,七个少年明白,他们的探险之旅开始了。

大洞穴位于荒凉寂寥的荒原,人迹罕至。一片灰黄,干燥的空气,干燥的地质环境。除了温热的气流,略带尘土的闷味,偶尔有一抹绿外,这里简直可以与真正的沙漠媲美。

这里是世界的一角,一处未开垦的荒原,仿佛沉睡在此已经几千年

没有改变,看不到人类留下的任何踪迹。

七人组的到来倒是给这里增添了一些人气。站在寒星洞外,他们已经被它的气势所折服,他们带着敬畏的心情俯视洞穴出入口。

出入口深度大约有七百米,圆锥形的颈口同火山口差不多,似乎没什么特别,可是这种深度,是难以一眼望到底的,前端有阳光帮助还能窥得一些地方。厚实的层土构造,薄薄一层黑色,和周围形成鲜明的对比。洞穴像一只神秘的黑眼睛,又仿佛是可以把任何东西都吸进去的黑洞。

淘淘取出锤子敲敲泥层,细细的屑沫飞落,在刺眼的阳光里形成浅浅薄雾。

"看来结实得很,不会坍塌。"他做出判断。

"要塌早就塌了,从外表的黑眼圈看这个洞存在的时间相当长。"文文仔细观察后说道。

"什么是黑眼圈?"安琪是个好学生,有疑惑必来一问。

"就好像铁生锈那样,泥层时间一长也会因外界的影响覆盖一层杂质,看起来像黑眼圈。这里阳光充足,雨水却不足,常年不下雨,植被难以生存,只有几株耐旱小草挨得住。"伟明抓了一把干燥的泥土,眼中仍然平静,眼底却藏着忧虑。

"如果洞里没有水源岂不是很危险?"象象只关心吃喝问题,别人背包里装的是逃生工具,他背包里全装着美食。

"你这个蠢蛋,没看过素描图吗?这个神秘洞穴有的是水!"耶鹿说话向来直来直去。

"胖墩子,麻烦你说点有营养的话语,你脑子进水了吗?"耶敏几乎和姐姐同时开口。双胞胎几乎心灵相通,连讨厌的人也一样。

"我什么地方得罪你们了?干吗老跟我作对?"象象十分郁闷地说。

洞穴玄机之被遗弃的外星人

一路过来她们老是给他脸色看。

"若不是你硬要来，瞎掺和，表哥就能来了！"双胞胎异口同声。

"没搞错吧，决定权又不在我，伟明是组长，你们该去质问他。我才不做你们的受气包，我可是有尊严的！"象象理直气壮，脸不红心不跳地说。

"胖墩子，你有没有良心？伟明帅哥好心让你来，你还指责别人！尊严？你都不尊重别人，我为何要尊重你！"耶敏立刻反击道。

"就是就是，胖墩子，你想做全人类公敌吗？"耶鹿也气呼呼地来一句。

安琪看看伟明，又看看吵得脸红脖子粗的三人，闷闷地说了一句："我也觉得胖墩子说话欠扁。"

文文不由得把目光投向安琪，含笑不语。

淘淘一副专业探险家的样子，在洞口四下勘察，研究。

伟明也没闲着，相机"咔嚓咔嚓"不停地拍照。他没让那三人吵太久，淡淡地说："洞里的水是不能随便喝的，没有我的允许，大家不要随意灌水喝！淡水我来负责补给。"他一向不喜欢同学因为他吵架，更不会向别人解释他的态度。

吵架三人组立马面面相觑，只觉得伟明这家伙太不近人情了，虽然这种情况不多。

安琪当起了和事佬，笑呵呵地说："和气生财，大家快点消消气！"

其他人一愣，淘淘最先哈哈大笑，笑得连说话的声音都在颤抖："和气生财？你这头驴，这种鬼地方有财生吗？真是个财迷！"

安琪觉得脸上实在挂不住，偷眼瞧向伟明，他还是平静淡然，无取笑她的表情，不由得松了一口气。

伟明探头看洞内，感受到里面有气流涌动，吸了一口气说："从我

爸爸留下的资料看,这个洞穴有些诡异,难免会有不明生物。我想再确认一下,你们确定要下去?"

"你都说了一百八十遍了!我们人都来了,哪有回去的道理,我可不是胆小鬼。"淘淘最先声明。

双胞胎也齐声叫道:"伟明,我们要下去。"

越往下越黑,是伸手不见五指那种空洞的黑,会让人产生有如困兽般的恐慌。伟明一马当先在前面探路,用长长的绳索一点一点攀岩下去。

头上的探照灯划过四壁,光影中分明有石层显现,岩石都是炭黑色,有几分光滑感,并非粗糙,以至于他好几次找不到踏脚点。

伟明的身上已经被汗水浸湿,皮肤却有凉凉的感觉,一波波暗流袭来,潮湿的风夹杂着一抹淡香扑鼻而来。

看来快接近底部了,他抬头看看,上头的人都看不见了。伸手摸摸石壁,潮湿感越来越明显。

再次用探照灯巡视脚下,离他十米的位置,有几百株类似蒲公英的植物。每一棵都十分鲜亮,一团团粉白色的小球球在黑暗中那么独特。它们生长在石缝间,没有空谷幽兰那般缥渺梦幻,没有温室花朵那般娇嫩美艳,却像小家碧玉,独领风骚。

伟明不禁多看了几眼,一时想不起这是什么植物,香味就是来自它们。但是脑神经为什么自动绷紧,他有点不明所以,应该是自然反应,毕竟身处险境,无论谁都会紧张,希望底部不要有什么庞然大物恭候着他。

速度加快了一些,他已经看清了着陆点,半空中还有不少藤条碍事。藤蔓红得发紫,嵌着点点绿色小果子,美得不真实。

落地时,他扫视环境,潮湿阴冷的气息一贯是洞穴的特征,这里也

1 大洞穴

洞穴玄机之被遗弃的外星人

一样。周围的岩石满地满墙，平整得出奇，却都带有纹络，有的甚至有奇怪的斑点，令人吃惊的是纵横的银色纹络交错在绿色的岩石上，斑点的落点如天上的星星，竟也有星座的特点。

这是巧合，还是——

绿岩上还有缠成一团的螺，这是活物。螺有大有小，颜色土得掉渣，难看死了，都成群结队附在岩石上，数量不是非常多，看着怪别扭的，就好像好好的一幅画被人画了好几条毛毛虫似的。

幽暗的地下，有一条曲折冗长的甬道，不知哪里才是尽头。

光看看就令人不寒而栗，伟明心静目明，面露凝重，爸爸的日记表明洞穴出入口没危险。恐怕爸爸还没有走到一半就觉察身体不适，于是折返回家了，没想到这一回就成了永远。

他掏出一枚烟花点燃，这是安全抵达的标志，表示他们可以下来了。

上面的人欢呼雀跃，一个个有条不紊地顺势而下。

象象排在最后，他倒是会省力气，先把背包放下去人再下去。这家伙太狂，以为自己无敌呢，攀着绳子往下滑的动作十分潇洒，还刻意提速，旁人见了都大叫他疯子。

胖墩子也真会找乐子，吊在半空中还腾出一只手摘花，不，那不是花，他摘的是类似蒲公英的植物。

这"花"能赏，却是摘不得的，人称"引蝎出洞"。一旦"花"有折损，它会自然散发出一种特殊的气味，这种气味与雌性蝎的气味一样，十分吸引雄性蝎。

伟明的心弦迅速被拨动，那股气味飘过来时，他提高了嗓门吼道："胖墩子，快点下来！否则群蝎出洞你就完了。"

"什么？"

一群人全都吓了一大跳。象象还在上面傻愣，思维在云雾里穿来穿去，冒出一句傻话："我干吗引蝎出洞？有病啊！"

"不想死就赶快掉下来！"耶鹿叫得比他还大声，回音震得洞里嗡嗡响。

伟明说的话没有几个人不信，他虽然年少却也继承了父亲的基因，天生有科学家的敏锐、勇敢。

"喂，你这头死鹿，掉下去岂不是死得更快！"象象死性不改，还有心耍嘴皮子。

这时，空气里传来一种"窸窣"的声音，每个人的血液似乎都凝固了。放眼望去，顿时，大家的脸色都发青了。崖壁上已经盘踞了上百只褐色蝎子，每只蝎子的尾巴都翘得老高，尖刺在扭动，随时准备一击。

气息似凝固一般，人人如石化一般僵硬。

"毒蝎！"淘淘惊得脸色煞白。他知道，褐色蝎子就是毒物。

"不是说没危险吗？"象象就会说废话，人已经吓得不轻，刚才的调皮相不见了。

"这就是意外！"文文似乎要安慰他，可这话有点不对味。

"不要啊，我不要意外！"象象就会鬼扯，手脚都颤抖得厉害。

"蠢猪，快用防虫喷雾剂！"耶敏反应够快。

"我的包不在身上啊！而且那是蝎不是虫！"象象的脑子还没完全坏掉。但是围过来的蝎子就要形成包围圈，他快成瓮中之鳖了。

"快点借助绳子荡到安全处，然后用岩石塞下来！"伟明想出一计，心下焦急，手脚并用，已经启用岩石塞往上攀。

安琪和文文赶忙翻出杀虫剂，希望这东西能派上用场，即使不能杀死蝎子，也可以驱赶它们。

洞穴玄机之被遗弃的外星人

淘淘接过她们塞来的杀虫剂,也往上爬。

双胞胎来来回回转圈,她们也担心上面的人,在拼命想办法。

象象荡起了绳索,绳索擦过岩石,擦掉了几十只蝎子,落地时蝎子摔得稀巴烂。

象象为了逃命根本没注意这些,可是下面的人都惊得煞白了脸,她们想到的是象象摔下来的话——不死也会丢半条命。

"吱吱吱——"

绳索摩擦出尖锐刺耳的噪音,象象无心"欣赏",汗水已经淌满了他的额头和脸蛋,他的精神已经高度紧张。

他把手臂尽量伸长,岩石塞不时碰到岩石缝,却没有塞进去。

"加油!加油!"

"就差一点了!继续——"

四个女生组成拉拉队,眼睛滴溜溜打转,注意的人不光是胖墩子,还包括淘淘和伟明。

两个优秀的男生爬得越来越高,离蝎子还有段距离,无法使用武器帮助胖墩子。

啊——

这一声够分量的尖叫,瞬间把紧绷的气氛划破。

2 开始探险

哧啦啦！每个人的心脏似乎都被划开一个口子，越拉越长。

砰！

"哎哟——"

一声闷响外加一声惨叫结束了一切。

脚下的人儿也都呈痴呆状。安琪和双胞胎直直站立，一脸不可思议；不远处文文躺在地上，痛苦的脸扭曲，身上压着胖墩子。

胖墩子一脸茫然，身上挂着藤条和绿叶，手臂有几处擦伤。

原来，胖墩子刚把岩石塞塞好，绳索也因为摩擦断掉了，他在空中做了一个抛物线，飞速下落。中途经过几根藤蔓，阻挡了冲击力，落地时文文一个箭步上去，准备抱住以防他摔断腿，正好与他来个正面相接，两人便同时躺地上了。

"起来！快起来！你要压死我了！你再延迟起来的时间，我就会被你压成饼了。"被胖墩子压在身下的文文再也不能承受他的重量了。

胖墩子还没反应过来，迟钝得要死，刚才的惊险还在他脑子里挥之

洞穴玄机之被遗弃的外星人

不去。

文文的脸立刻拉下来,阴郁的眼眸预示暴风雨就要来临。

果然,文文一凶起来,任何人都无法承受。她用力推开胖墩子,一个翻身跳起来,对着他拳打脚踢。

其他人顿时傻眼了,一副看到厉鬼附身的惊惧状。

"咳咳……"胖墩子终于从噩梦中惊醒,眼前的"无影手"和"无影脚"让他大呼小叫,"住手!住脚!你要害我受内伤吗?"

安琪急忙拉开文文,文文也不是无赖,很容易劝。她站在安琪旁边"呼哧呼哧"地喘气,一脸不甘心的样子。

胖墩子昂首望天,褐色蝎子还流连在那些植物间。

他小小地吁了一口气,凶险过后,连空气都好闻了许多。

"亏文文还救了你一命,什么素质啊,连谢都不会说吗?我真替文文不值!"耶敏真会挑时机,恰如其分地站出来打抱不平。

"哎呀呀!"胖墩子没在这个时候和她对着干,真是聪明,他用油腔滑调的声音调侃:"文文,你真是我的福星啊!你一来我就得救了,感谢上苍,你真是我的神啊!我的天使啊!嗯——或者说,你是我的阿拉丁神灯!"

"哼!文文要是阿拉丁神灯,我就擦擦神灯,让她从灯里跳出来掐死你!"耶鹿又添了一把火。

"喂,我没得罪你吧,干嘛又针对我!"胖墩子反应格外激动。

安琪也生气胖墩子说话不正经,她是站在文文这边的。

"胖墩子,叫你谢文文,你谢上苍干什么?难怪耶鹿要讨厌你!"她大喝一声。

原来如此,女生就是小气,胖墩子满肚子的不满,然后他一本正经朝文文鞠躬,"小生多谢仙女救命之恩,大恩不言谢,他日定当上门

酬谢。"

四个女生同时捂住肚子大笑，淘淘和伟明也下来了，他们被逗得乐开花了。

"学古人，你还嫩着呢！怎么不换上一套古装？硬件都没配齐就上演一出不伦不类的古装戏，只会让人笑掉大牙。"耶敏继续揶揄道。

"可恶！"胖墩子鼓起肉乎乎的腮帮子。

洞里除了他们的说笑声就格外幽静，仿佛置身幽深、漆黑的空谷，永远都不知谷中栖息了多少不为人知的生物，暗中又有多少事情正在发生。

"嘘！"伟明突然挥手叫大家安静，这个敏锐的家伙又听到了什么。

他逐步向前，甬道静谧，在灯光的照射下隐隐泛光，平滑的石壁逐渐没落，隐藏在一潭清池里。

奇怪的地形，凄迷的光影，到处弥漫粉色雾气。

"不会是毒雾吧？"

文文突兀的一句话令其他人条件反射般捂紧了口鼻。

伟明的眼四下瞟过来瞟过去，这是天然水池，有流动的活水，水质清澈，似山泉般冷冽，却十分养眼，让人看了很想饮上一口。

池里没有生物，池边有几只红蜘蛛在游荡，结的网只有巴掌大，离水面较近。

迷惑在伟明眼中升腾，没有持续多久，他仰起头凝视头顶的钟乳石。如倒刺那般生长的钟乳石遍布顶部，高过头十米左右，钟乳石大多数为牛奶白，少数为彩色。

四面是横七竖八的花岗岩，掺杂了少许晶石。

淘淘胸有成竹地说道："这雾没毒，否则红蜘蛛早死了。"他指向红蜘蛛，"这种长相的红蜘蛛一般没毒，所以它也不具备放毒的功能，

洞穴玄机之被遗弃的外星人

恐怕这雾来自岩石缝，具体从哪里窜进来不好说。为什么有这种雾？我们也许会找到答案。"

"红蜘蛛如果捕获到猎物，照理说会有动物的躯壳，然而每张网都很干净，古怪得很，似乎这里很干净，连水都那么明净。"他越说越多，条理似乎也在趋于明朗化，"有一种可能，这里有清道夫，即清洁残羹剩饭的动物，也许这种动物连细菌都不放过。"

伟明赞赏的眼神扫视淘淘，"说得没错。"他走到一块手指长的晶石边，轻轻一碰，乌黑晶石居然动了，以雷霆之势溜走，只留一抹余影让人看不分明。

"那东西长得跟一块晶石一样，有很多逃跑的脚，其貌不扬，很难让人注意，却是个不折不扣的清洁工。"他那双黑亮的眼睛透出明亮的光芒，唇边带笑，柔和而动人。

"很可爱的昆虫。"文文说，露出甜笑。

"这水不能喝，因为水源上方是钟乳石，钟乳石的形成本来就掺杂许多化学物质。"伟明清明的眼睛里闪过一丝不明神色，宝石般的眼眸眯了眯，"听到水声没有？沿水流下去恐怕是瀑布。"

"瀑布？"淘淘若有所思，"看来地势越来越偏，有向下发展的趋势。"

"不，"伟明摸了摸侧腰，那里放着一把小刀，"日记里没有说过要下瀑布，所以，即使瀑布下方更有一方天地，我也不会下去。我的路线只能是爸爸走过的路线。"

"明白，你是组长，一切都听你的。"安琪率先讨好地说道。

"是不是危险即将临近？"淘淘注意到伟明摸刀的动作。

"不知道，"伟明掏出口罩罩在脸上，"只是一种感觉，一种凌厉的气息在靠近，从现在起千万不能出差错。"

其他人都紧张兮兮的,女生则随手握着防虫喷雾剂。

咔嚓!

四个女生都倒吸了一口气。

象象拍起胸脯,说话也不敢大声,"伟明帅哥,你关键时刻拍什么照片?想吓死人不偿命吗?"

伟明收好相机,坦然一笑,"胆子就是这样练成的!"

耶鹿马上跳起来,毛毛躁躁的本性难改,"伟明,你千万别学胖墩子说话,你是帅精灵耶,这不符合你的风格,破坏形象哦。"

连安琪都觉得耶鹿在理,如果把胖墩子的性子安在伟明身上那就太糟糕了,简直不敢想象。这种事要是发生了,她会去撞墙的。

"没这么严重吧?"淘淘一下子看出安琪在想什么,她一脸苦瓜相早就露了馅。"你们女生就是喜欢庸人自扰,没有人会永远不变。"

伟明苦涩一笑,"没有人会永远不变?这句话说得好。"生活变了,人也就跟着改变了,就像爸爸离开了,世界好像跟着失去了色彩。尽管缤纷的世界没变,头顶的那片天却已是灰色。

其他人都呆呆地看他,明眸闪动,各有所思。

"有舍才有得,有得必有失。伟明,这块失落的世界里不止你一个人,我们是同伴,亦是战友。"淘淘不会说什么安慰的话,心里话倒是可以说说。

伟明伸出手握住他的手掌,感激地看着他,"是的,我要在这里找出遗失的东西。"

"同心协力,不离不弃!"

文文和安琪最先喊出他们的口号。

"不离!不弃!"

"那是什么?"安琪一个回眸,瞥见一样令人呼吸停滞的东西。

洞穴玄机之被遗弃的外星人

其他人在下一刻都屏住呼吸，眼眸流露出几种情绪：惊讶、惊叹、恐惧、喜悦，还有恐慌和疑惑。

水流在脚下缓缓流淌，经过一堆赤铁矿和石盐。赤铁矿是黑钢颜色，和一些常见的石头没两样，粗糙的外表，凹凸不平的纹理，唯一不同的是里面，剖面是亮如银镜的材质。石盐长得像一团金黄色的麦芽糖，色泽挺诱人，若和麦芽糖放在一起是真假难辨。

胖墩子第一眼看到时，居然流出了口水，这家伙最爱甜食。

不过这不是重点。令他们大跌眼镜的不是这两块矿石，而是矿石旁边镶嵌着的一块超大石英。银色外层，干净剔亮，石英里面有一只长得像鼹鼠的动物，如果说哪里不同，那就是眼珠子：一只金色，一只银色。全身毛茸茸的，只是毛皮不是泥灰色，而是鲜亮的米黄色，胖胖的身体和成年猫的体积差不多，四肢和兔子差不多，多了一些红色条纹，尾巴丰满，跟家用鸡毛掸子有的比。鼹鼠尾巴上有三四圈黑毛发，这只动物也不例外，而且更胜一筹，每一圈都是由红毛发组成，添的不仅是可爱，更是无限的美丽。

虽然它被困在石英里面，却一点都不影响它的美丽，它就如活物一样呈现在大家眼前。他们也从它眼里看到一种东西——恐惧！

那是化石吗？那也太新鲜了！

不对！这不可能，那是石英，不是球脂，更不是泥层风化物。

为什么这只美丽的动物会像魔法一样被困？如同一个可望而不可即的公主住在月亮里，望一眼都觉得奢侈，却又让人无法移开眼，仿佛眼睛被吸住了。

它到底是什么？

3 活物死物

潺潺水声伴着大家的呼吸，蒙蒙粉雾缭绕，如梦似幻。

"日记里有描述，素描也有一张，爸爸给它起了一个名字：星鼹。"伟明的声音里明显有波澜，他有点激动，哪怕找到了一样爸爸看过的东西，也体会到爸爸当时的心情。假如爸爸没死，他的心情里就不会有忧伤。

"多么贴切的名字，它就像天上的星星，高远而梦幻，却和凡间生物有异曲同工之妙，长得和鼹鼠像极了，取一字'鼹'很合适。星鼹——可爱又可怜的家伙，怎么跑到石英里面了？"文文深深感慨，言语中透着无奈。

"星鼹——"

安琪太喜欢这只小动物了，她毫不犹豫踩进水里，双手探入水中抚摸石英层，仿佛已经抚摸到了星鼹那般激动，眼睛里竟然出现了水雾。

"呜呜——星鼹要是我的宠物就好了，纵观天下，我只要你一只就

够了!"她这句话差点让胖墩子和双胞胎姐妹跌倒。

"安琪,你也太能扯了,要一只死物干吗?"胖墩子用鄙夷的口吻说,"还以为你可怜它的遭遇而流眼泪呢?居然不是!占有欲还真强壮!"

安琪不服气地说:"要你管,占有欲用强壮来形容,你可是古今第一人啊!强人。"

"你这讽刺高明,我爱听,强人耶,以后你们都叫我强人哦。"胖墩子一点儿都不脸红,有模有样地给自己大戴高帽。

淘淘和伟明一脸"高深莫测",双目一眨不眨地盯着石英。

文文侧过脸看他们,除了茫然还是茫然。

双胞胎看到大家感慨完了,也只是可惜了几声,然后就不声不响往水流方向走去,她们期待更多有趣事物能马上现身。

"好冰啊!我们把石英挖出来吧,否则星鼹会冻坏的。"安琪眼含泪水,一副受了委屈状。

胖墩子立马讥笑她,"安琪,你脑袋坏了?想给死物立牌坊吗?那么大一块石头,怎么挖都是个问题!费力不讨好的事我可不干。"

淘淘和伟明依然一声不吭,完全进入无人境界,不知道在思考些什么。

文文在一旁察言观色,还是无法参透他们的心思。

不过,一句重磅炸弹倒是把胖墩子的耳膜震得嗡嗡响,"挖!看看是否有人故意把那玩意儿嵌进去。"

这句话是谁说的？离胖墩子最近的人——伟明。

"双胞胎到哪里去了？我去找她们过来帮忙啊。"胖墩子就会找借口开溜，这只懒虫还有一讨厌的事——干体力活。

"不用，我们几个人足够。"伟明不给他逃跑的机会。

淘淘抬眼四望，朝水流方向大吼一声："双胞胎，你们在哪里？赶快回来，我们要开工干活，暂时不前进了。"

音域广阔，回音传得极远。

双胞胎当然听到了，只是她们被眼前的事物吸引，完全顾不上搭理淘淘了。

她们已经没入黑暗中，不见踪影，连探照灯的光芒也不见了。

身后的同伴正在卖力挖石英，利用杠杆原理，撬出石英不是难事。

好不容易把石英挪上岸，大家的目光再一次凝滞。

石英表面没有任何缺口或划痕，完美无瑕，令人震惊。

"难道真是魔法造成？"

淘淘在心里揣测了一番，还是脱口说出。

"魔法？什么魔法？跟魔法有什么关系？"安琪这只糊涂虫没想到那些。

文文费解的眼神瞥瞥石英，又在淘淘和伟明身上转一圈。

胖墩子用巴掌在石英上乱拍，石质不仅硬还有脆脆的声响。

"拍西瓜呀，把你的爪子拿开。"安琪已经把这块石英当成自己的宝贝，好像生怕胖墩子的肥手会拍坏石英。

洞穴玄机之被遗弃的外星人

"难不成你要背回家?还是要送到国家博物馆?"胖墩子眉飞色舞地说,他总是以调侃为乐。

淘淘轻抚几下石料,眉头深深皱了一下,"化石主要产于沉积岩,它们是保存在沉积岩中的动植物遗体。岩石中所含化石会显示岩石的形成环境,如海生物化石说明岩石是在海洋环境下形成的。石灰岩是富含化石的沉积岩。可这石英不是沉积岩,怎么就形成了化石?不懂,甚至是不可思议。"

伟明点点头,双目流连于石英里的星鼹,忽然,他取下小刀迅速在石料上划了几下。

吱吱吱——

噪音难以入耳,两个女生和胖墩子都捂住了耳朵。

伟明的小刀可是削铁如泥,这块石英真是硬,被小刀划过的地方只是留下浅痕。

"我想打开这块石头。"伟明又来一句重磅炸弹。

其他人都紧紧盯着他,似乎要在他脸上盯穿一个洞。

"你确定?若放出这种不明生物会不会太危险?"淘淘对于他的决定并不赞同。

"我不同意,星鼹已经死了,这是保存它遗体的最佳方式,打开的话空气进入,它就腐烂了,我就再也见不到它的美丽。难道你舍得如此美好的生物消失?这只恐怕是世界上仅存的一只完美星鼹,我不要它变臭。"安琪十分强烈地反对。

伟明又是保持沉默，目光对向星鼹的眼睛，仿佛要洞穿它的金银眼直入它的心灵。

"为什么一只死物会有如此神采奕奕的眼睛？一般死去的生物眼神是空洞无神的，更别说有一丝光彩。"他好像在对自己说，又好像在对同伴说。

淘淘没有抬眼瞧任何人，心神有一丝清明，"这只生物不普通，不排除特殊情况。"

"既然我是组长，我决定的事就一定要做。"伟明说。父亲见过的任何事物，他都要剖析清楚，他不想放过任何线索。父亲是怎么死的？没有任何人能说清楚。父亲的病来势汹汹，排山倒海般凶猛，一点办法都没有，更别说遏制。用世界上最先进的仪器检查，居然一无所获。他是看着父亲在自己眼皮底下一点一点没了呼吸，没了心跳。从医学上看，父亲完全没有生病的特征，说中毒却没有中毒的反应，若说被辐射了，也没有造成生理功能退化或受损，实在死得奇怪，可以说，父亲的死是一个谜！

"好吧，既来之则安之，我支持你的决定，我们说好的，一起走下去，不离不弃。"淘淘说出如此感性的话，大家都感动了。

伟明也不例外，他拍拍淘淘的肩，以示感谢。

"切割机！"他又开口，掷地有声。

安琪苦着一张脸，有些不忍心看艺术品被破坏，只得扭头看池水西流。

洞穴玄机之被遗弃的外星人

嗞啦啦——

切割机还是十分管用，石英很快被切开了几个口子。

伟明在几道切口处使力掰开。

星鼹立刻滑了出来，硬邦邦的躯体直挺挺落下。

安琪眼疾手快，双手捧住了它，毛发柔软如水，光滑如丝绸，下一刻便感觉到这是一具僵硬的尸体，没有任何温度，只有冰凉。

她吸了吸鼻子，有些失望，"真的死了！"

几个人同时抚上星鼹的毛发，既惊讶又有不解。

尸体都见空气了，为何没有任何反应？难道它体内有防腐剂？考古学家曾发现一具古代女尸，女尸体内被灌了水银防止尸体腐败，当然还包括后期处理，比如隔离空气，结果女尸确实保存了一千年，基本完好。

淘淘一双手抚过星鼹那好看的五官，凉飕飕的触感从手心钻进皮肤，让人浑身不舒服。

伟明认真端详尸体，黑亮的眸子散发出别样的光芒。

"不行，我好饿，先吃点东西了。"胖墩子对尸体可没兴趣，他起身去取放在石头上的背包。

刚跨出没几步，突然眼前闪了一下，一股推力冲向他的身体。

"哎哟"还没喊出口，身形一个旋转，扑倒在地，姿势狼狈得很，他抬头又抬眼，嘴里骂骂咧咧："是谁推我？找死！有种给我出来！死双胞胎，肯定是她们在捉弄我，气死我了，真是明枪好躲，暗箭

难防!"

其他人一致看向他,眼睛瞪得牛眼一样大,脸上充满复杂的神色。

"看什么看?怎么没人扶我起来?我的膝盖磕破了,哎哟,好疼啊!"胖墩子也会"撒娇",五官不停扭动,十分痛苦的样子。

淘淘和伟明二话不说,上前搀扶他,可是他们脸色十分怪异。

"你们看见什么了?"文文的话音透着紧张。

安琪抱着星鼷一言不发,双目观望四周,仿佛在防备着什么。

"怎么?不是双胞胎干的好事?"胖墩子也觉察出异样,刚说完这句,心弦一下子拉紧,不是双胞胎?那会是什么——

耳边水声未断,迷雾未消,环境未变,气味似乎有些不明朗,好像多了几种微不可闻的味道。

没有灯光的黑暗处似乎暗流涌动,每个人都把眼睛睁到最大,注视目所能及的角落。

胖墩子沉不住气了,看着同伴严肃的表情,小心翼翼地问:

"你们到底看到了什么?"

"没看清楚,那东西速度太快,只看到一道白光。"淘淘先说道。

"白光?"胖墩子开始发挥想象,"不会是什么激光扫射吧,把我给扫倒了?或者说电流,好像我没有触电的感觉……倒是强烈感觉有一股推力袭来。"

淘淘和伟明彼此对望一眼,再次陷入思考。

两个女生更加紧张了。

洞穴玄机之被遗弃的外星人

胖墩子慌张地说:"不会是什么怪物吧?"

这话在如此幽静的环境下传得格外清晰,两个女生心中激起了千层浪,寒毛直竖了好几排。

空气这根弦似乎越绷越紧了,任何一点风吹草动都能让人草木皆兵。

砰——

一声脆响,仿佛一层薄薄的玻璃落地,发出悦耳的鸣叫,碎成千万块的同时,碎片纷飞,如晶亮的水珠从眼前飞过,美丽炫目。

时间似乎在此刻驻足,周围的声音仿佛消弭远去。

每个人的眼睛都是一眨不眨,一直保持不动的姿势,形如石化。

当星鼹的眼睫毛微微颤动,金银眼慢慢汇聚出更多的光芒,肉体逐渐软化,骨骼不再僵直了,万物似乎复苏了,那远去的自然之声重现,人类的感官恢复。

"活了!它活了——"

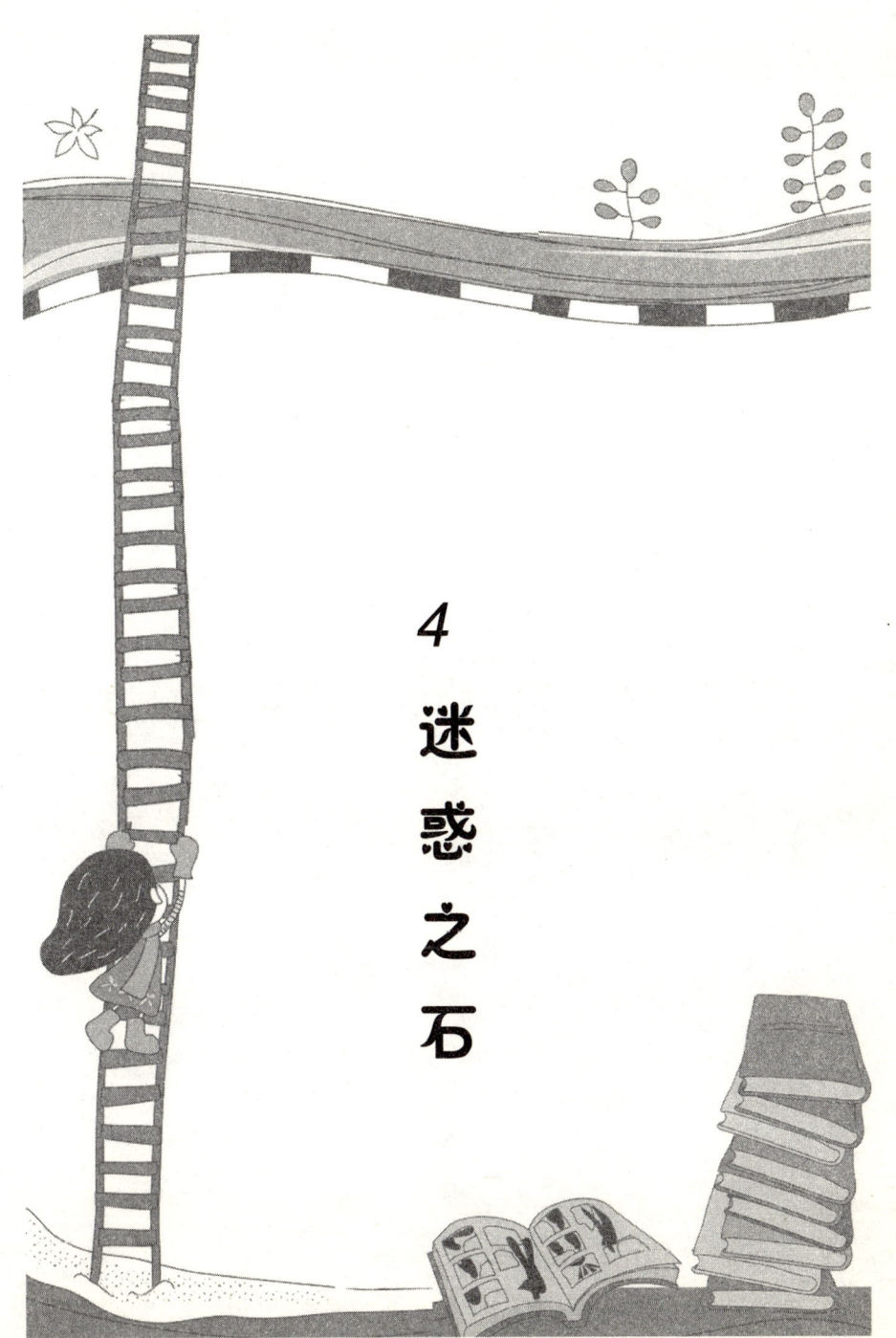

4 迷惑之石

激昂无比的叫声如烟花般传开，每个人的脸上完全亮了，似乎增添了一层光晕。

"天啊，这，这怎么可能？"淘淘十分错愕，连说话都结巴了。

"它真的活了！"文文十分肯定地说，目光观察着星貂的一举一动。

星貂缓慢地张开它的四肢，一双金银色眼睛动了动，又转了一圈，蓬松的尾巴轻扫，可爱的小鼻子蠕动，一对三角耳朵灵巧地弯曲一下……

胖墩子嘴巴大得可以装下一个馒头，再看下去恐怕下巴就要掉下来。

伟明一副精神受挫的颓败样，他的反应完全与众不同。

"起死回生？居然有这种事！我们是不是出现了幻觉？"淘淘一边说一边用手死劲掐手背，"哎哟！"疼得他直咧嘴，不是幻觉。

"星貂——"安琪喜极而泣，给这只可爱的小动物来了个大大的拥抱。

星鼹一双眼睛里露出锐利的光芒，然后闪烁迷离之色，接着视线停留在她脸上，不再移开一下。

"伟明，你怎么了？"淘淘这时才发觉伟明不对劲。

"为什么我爸爸就不能起死回生？"伟明的情绪十分低落。

"抱回去研究，说不定科学家能从它身上找到回魂法，从此一项伟大的发明就此轰轰烈烈地展开。"胖墩子如此想象着，脸上露出憨憨的笑。

"你想得美，世界人口本来就多，这项发明要是真成了，人类还活不？人口泛滥就会成灾，地球资源是有限的，本来以现在这种情况就已经相当紧张……"文文没再说下去，她发现伟明的脸色越来越难看。

"爸爸的遗体已经火化了，要是——已经晚了！"伟明那双可以容纳百川的深幽眸子隐隐有泪光，他直视星鼹，双手慢慢握成拳，微微颤抖。

爸爸死——是一个谜，星鼹活——又是另外一个谜。

这两者到底有没有关系？为什么会这样？到底是什么力量造成的？究竟有没有什么生物在背后操控？他一定要找出来！一定！无论如何，无论付出多少代价，无论付出多少艰辛。他的心灵再一次咆哮，他的眼底再一次聚满哀愁，隔着一层暴风骤雨，恍如一头受伤的狮子。

"走！"伟明抓起背包甩到背上，头也不回地说，足足前进了几十步，他停顿一秒，又说了一句有分量的话，"看住它，别让它跑了！"

"当然。"安琪欢快地回应，她没听出伟明的话音里有多沉重，心思全在星鼹身上。"我一定会好好照顾它的，它是我的，哈哈！"

淘淘和文文同时叹了一口气，胖墩子就会装傻充愣，他一面吃着压缩饼干，一面嘲笑安琪，"小心跳蚤上身，我们可不会帮你抓。"

"你这是嫉妒吗?星鼹干净得很,哪来的跳蚤!"安琪轻轻抚摸星鼹的肚子,"再说了,星鼹好乖,它很喜欢我呢,没有逃跑的意思噢。"

"明明是死物居然活过来了,这种东西绝对是僵尸!或是被下蛊了?"胖墩子再次发表他的高见。

"僵尸?下蛊?"安琪不禁嗤之以鼻,"你是不是鬼片和武侠片看多了?哪来的这么多奇思异想?"

"鬼片?武侠片?你脑子进水了?你out了!我才不看那么落伍的片子,我的追求离不开美食,《开心厨房》倒是经常看。"胖墩子就会玩答非所问的把戏,几乎百玩不腻。

"原来如此,为了吃就要去当厨子,我佩服你,你的追求还真是高明。"安琪不软不硬地回击他。

"切!"胖墩子懒得理她,继续和美食"战斗"。

天哪——

不知谁发出一声惊呼。

这里是万丈悬崖,阻断了前进的道路。黑咕隆咚,深不见底,探照灯只能照到几丈处,池水一泄而下,形成不强不弱的瀑布。水流砸在一段突出石壁上发出隆隆声,水幕形成漫漫水雾,四溅的水珠在空中飞舞,优美而不张扬。再往下水流变散,恍若瓢泼雨水,连绵不绝。

绵延几里的悬崖有几条横沟,从中间横过的沟槽几乎是一条路,比较险峻。

没有太阳光,没有一棵植物,只有岩石和矿石堆砌成壁,凹凸有致,壮观程度堪比惊涛:处处悬崖,有海的深邃,比天空高远,令人望而生畏。

他们贴着崖壁行走,两眼不望崖下,只看前进路线。

洞穴玄机之被遗弃的外星人

伟明是沿着爸爸走过的方向前进,所以选择朝悬崖南面而去。

不知为什么卫星定位器在这个神秘洞穴无法使用,他们不知去哪里寻找走散的双胞胎姐妹。

还好,双胞胎是一对听话的队员,伟明曾经吩咐过,走散的情况下要及时留下线索。

从石壁上嵌的包装纸,可以确定双胞胎也朝南而行。

"她们的胆子也太大了吧?居然不听指挥,擅自行动。"胖墩子一路唠叨个不停,是一个大话匣子。

"胆小的人应该不敢参加探险活动吧,少说废话吧,不知道下一个续水点在哪里呢?老喝水可不行,所以话就少说点,最好闭嘴,当个哑巴。"安琪就在他身后,听得耳朵都起茧了。

文文也感到不耐烦,她在胖墩子前面,语气有点不满地说:"墩子,我的耳朵要休息了。"

胖墩子很生气地说,"墩子很难听耶,能不能不要用这么简洁的称呼?"

其他人差点笑倒,只是身处悬崖不容大意。

"你有完没完?给你称呼是看得起你!"安琪憋住气,一本正经地说。

胖墩子还没出口成章,伟明十分及时地制止,"前面有问题,好像有光。"

"光?"

其他人听了,也不敢探头去看,悬崖可是很危险,伟明当前锋,所以前方的情况一览无余。

果然是光。那种光有些冷,有些淡,比月光亮不了多少,却和月光一样清冷。

伟明的身体进入光圈，浸在冷气中。是的，这儿的气温有点低，但不至于冻死人。

身后的人鱼贯入内，一个个惊得瞠目结舌。

到处明晃晃，仿佛是一面面镜子呈现在眼前。然而那不是镜子，透明且圆滑，有如镜子般易碎，每一面，每一块，每一堵都那么高大，有如通透的柱子屹立不倒。不管以哪个角落看都恰似水晶在闪烁，和琼楼玉宇有一拼，但不奢靡，像百合花一般纯美，如月亮般皎洁。

"玻璃岩石！"

淘淘激动得难以复加，目光如痴如醉。他缓缓伸出手，轻轻抚上玻璃岩，手感真不错，没有任何刺痛感，还以为它会像玻璃一样锐利无比。

大家完全专注于玻璃岩，一时半会都无法移开目光。

星鼹在安琪怀里半瞌着眼，眼珠子滴溜溜乱转，慵懒中划过异色，猛然间，它撑开双目，金银眼里的神采全部滞留，凝聚在一处不动。

那里有一个影子，形如龟状，块头不是很大，有两岁孩童的体积。

他们都没发现，完全没有身处险境的意识，似乎所有的精力都被玻璃岩吸引了，分不出一点时间去注意其他。

影子晃动了几下就消失不见了，星鼹换了个姿势蜷进安琪怀里，这次它闭上了眼睛。

不知怎么回事，淘淘的半个身体居然已经嵌进玻璃岩，他脸上的喜色依然浓烈，手掌不停地轻抚石面，仿佛着了魔。

静谧，危险的气息已经弥漫，侵蚀每个人的心灵。

其他人的手也——陷入玻璃岩，却都无动于衷的样子，仍然目不转睛地欣赏玻璃岩的精妙。

洞穴玄机之被遗弃的外星人

星鼹在安琪怀里挣扎了几下,跳出她的怀抱。

安琪惊了一下,目光移向星鼹。星鼹看也不看她,站在地上伸懒腰。

"星鼹,"她弯下腰捧起它,眼神不再是刚才的痴迷,显出喜爱之色,"你真调皮。"

星鼹在她手臂里安静地匍匐着,双眼轻眨了几下。

安琪觉得它的表情好可爱,不禁低下头轻吻一下它额前的毛发。

星鼹抖了一下,似乎不习惯她如此举动。

安琪微笑,很快笑容僵在嘴边。她看见同伴一个个都快被玻璃岩给吃掉了。天啊!她惊呼一声。

伟明第一个在她的惊叫声清醒,他晃晃头,眼睛眯起来,迅速把手从玻璃岩中抽回。细看一下,手完好,而玻璃岩的缝隙在他回抽时合闭了,依然如新,不曾有过缺口那般。

接着是淘淘,他已经难以抽身了,只剩下一条腿没有没入岩石,吓得他脸色变成青灰色,瞬间他又发现呼吸困难,岩石缝里空气稀薄。

文文和胖墩子也抽身出了玻璃岩,神色在惊惧中没有恢复。

伟明和安琪同时一个大踏步上前,拽住淘淘的脚往外拖。

淘淘气若游丝,连感觉都有些麻木,潜意识中身体似乎在滑动,最后世界似乎变得一片混沌,黑暗逐步笼罩了他的眼睛。

5 封印之女

"淘淘，淘淘……"

耳边传来嘈杂的声音，连着嘤嘤哭泣声，好像嘴里有一股甘泉从舌头滚过，滑进干燥的喉咙，好舒服的感觉。

"淘淘，淘淘……"

一声比一声焦急、不安，几欲哽咽，似乎伴有"滴滴答答"的轻音。

淘淘终于撑开了沉重的眼皮，模糊的视线一点点清晰，看到眼前人他一下子惊得跳起来。

"怎么是你？耶——"名字没喊出来，因为他分不清双胞胎中谁是耶鹿谁是耶敏。

"我是耶鹿。"耶鹿急急地说，随手抹掉眼泪，一只手还提着水壶。她的背包还在，刚才是她给他灌了一口水。

环视四周，淘淘除了惊愕就有些不知所措，他没有看见伟明他们，这里只有他们两个，连耶敏也不知去哪里了。

洞穴玄机之被遗弃的外星人

耶鹿的眼圈很红，还有点肿胀，似乎哭了很长时间，她抽噎着，话不成句，非常伤心，更有绝望的成分，"救……救……我妹……妹……"

淘淘在观察身处何地，这里太恐怖了，一个窟窿洞，到处坑坑洼洼，头顶有水珠滴落的声音。

他终于见识到什么叫做"滴水穿石"，这水珠有点浑浊，触到石面，石面居然被腐蚀了一点。

有的坑非常深，面积很大，完好的地面没有几处，他们所处位置也是非常危险，四面临水，可以用四面楚歌来形容他们的处境。

"这是什么水？跟硫酸一个性质，腐蚀性这么强，暂且叫它酸水吧。"说完，他马上想到她刚才说的话，赶紧问她，"耶敏怎么了？还有，我怎么会在这里？其他人呢？"

"妹妹她，她被封了！我救不了她，她……可能会死……"耶鹿完全慌了，语无伦次地说。

"被封？什么意思？"淘淘实在很想弄明白前因后果，"你为什么会在这里？这里到底是什么地方？"

"你跟我来。"耶鹿站起来，努力稳了稳身子，眼睛里的愁苦那么明显。

淘淘搭着她的手才站起来，身体似乎有些虚，连身上的背包都感觉特别沉重。

"能走吗？"耶鹿没有心情解释其他，她最想让他看一样东西。

淘淘点了一下头，环顾四壁，石壁很普通。他真的被弄糊涂了，找不到任何头绪。

他们小心翼翼绕过石坑处，时不时要踮起脚尖，时不时要侧身，时不时要迅速冲刺，绕过那么多水滴需要费不少力量呢。

嗞——

淘淘不慎被一滴酸水腐蚀了衣角,吓得他只能小心翼翼地走路。

耶鹿停下了脚步,目光直视前方,悲伤笼罩下来,也迷蒙了淘淘的眼睛。

一块两米高的雌黄石卡在两块巨石中间,雌黄石半透明,呈柠檬黄色,典型的叶片状外观,每一面都泛着松脂光泽。雌黄石里面有一个人,她外表活生生,眼睛惊恐地圆睁着,嘴唇微张,似乎还没来得及开口求救,整个人直立,背包还在背上。

耶敏!

她竟然被困在雌黄石里面,不可思议的事情再一次呈现。

无法理解……淘淘急得直想跺脚,他把疑惑的目光投向耶鹿。

耶鹿冲上去抱住雌黄石,哭得昏天暗地,无法抽身。

"切割机不在我身上,"淘淘闭上眼睛几秒,然后张开,神色变得坚决,"我们去找伟明他们,然后回来用切割机取出耶敏,我想耶敏不会死,因为星鼹的情况和她一样,取出后就活了。"

耶鹿抬起泪眼,转过身看他,蒙眬的目光中透出希望之光,"什么意思?我听不明白。"

"你先告诉我为什么,我再说,否则一切都会乱糟糟的,有些事我比你还不明白呢。"淘淘挑明了说,眼中有安慰她的神色。

耶鹿拭去眼角的泪水,带着愧疚,带着悔意缓缓道出:"我和妹妹转到瀑布那里,感受了一番壮观后,就情不自禁继续往南面走。悬崖的路真是不好走,好奇让我们忘却了害怕,进入透出光亮的洞穴,里面全是玻璃岩,伟明爸爸留下的日记里有这个玻璃岩。我们非常兴奋,却不知不觉到了这里,我醒来时人靠在石头边,身边就是妹妹,她已经被封进了雌黄石里面。我使尽各种办法也没能剖开雌黄,团团转的时候,走

洞穴玄机之被遗弃的外星人

到里面，正好瞧见你一个人缩在石缝，然后就叫醒你。你当时的样子好吓人，非常疲惫，脸色白得跟石灰一样，好像要死了，我再也不能失去同伴了，所以……几乎要绝望了。如果我们不顽皮，不私自探路……也许一切都不会这样。"

说完她又哭出声，这一番际遇，挫掉了她一身锐气，第一次显露出来她的脆弱，她的无助。

"难道是被玻璃岩带到这里？可是很奇怪，这里为什么没有玻璃岩？连块残片都没有，这里不会是幻境吧？"淘淘警惕起来，不停地环顾四周。

"而且，既然玻璃岩可以迷惑人心，为什么只有我被牵扯进来？对了，有人在叫喊，好像是安琪，她没有被迷惑吗？她的意志力可没我强，不可能不被迷惑，那为什么她能反应过来呢？"他嘀嘀咕咕，心中的疑问越打越多。

"没有被牵扯进来是好事，不知道他们怎么样了？这里处处危机，看着好像没事，其实危险就在眼前，仿佛看一眼都会把人拉进深渊，太恐怖了。"他看着她，脸上划过一丝嘲弄，"我很喜欢玻璃岩，想不到被它吃掉了。"

他神色不安，欲言又止，莫非玻璃岩是陷阱？这个洞穴好像专门制造奇迹，星鼹是一个奇迹，玻璃岩是一个奇迹，连眼前这个……他定住心神，望向耶敏，为什么耶敏会跑到雌黄石里面？有一种可能是耶敏先醒了，她不小心碰到什么，然后掉进石头里面，或者有什么生物把她弄进去的，也有可能是——她自己走进去，不对，如果是这样，为什么我们进不去？

这样想着，他的身体开始行动了，走近雌黄石，拳头在石料上捶打。

耶鹿听着他径自独白，细细琢磨一遍，基本了解了。

"我在这里看着妹妹，你去找人吧。"她反复思考后做出这样的决定。

淘淘黝黑的眸子飞快闪过几道复杂的光芒，"你——"

"我能照顾好自己，记得一路作好标志，否则找不到我们，你就死定了。"耶鹿故作坚强，表面上尽是大姐大的高傲，紧接着，她面色一暗，轻轻地说，声音沉重，无形的哀伤如同一只手纠结地缠着淘淘的心，"一切拜托你了，我只有这么一个妹妹。"

淘淘还想说点什么，又被她打断了，"从那边的石缝钻出去，我一直守在妹妹身边，外面什么情况不知道，你——小心。"她指了指右前方。

"你也小心，耶——"他本想说点安慰人心的话，最后省去了，多说无益，徒增伤心。

耶敏一定会没事！他在心里说出这话，扭头走了。现在他好希望那种困人的手法是魔法，因为魔法一定有救，如果不是魔法，人就会被憋死。星鼹为何能活？似乎耶敏能给他们解开这个谜，从她惊恐的目光中可以看出，她一定是看到了什么恐怖的事，或者说她经历了非常恐怖的事，她真的能活吗？只有她活了，也许能知道真相，她会说话，而星鼹不会说话，无法沟通。

心绪再次纠成一团，跨出窟窿洞，他不禁捏紧了鼻子，这里有一种不好闻的气味，忽远忽近，让他摸不着方向。

脚边流淌着一条小溪，溪水纵向而过，弯弯曲曲，没有尽头。

这水浑浊，呈白色。

"是酸水。"淘淘轻语，加快脚步。

怪味不是酸水发出的，到底是什么东西散发出来的呢？

洞穴玄机之被遗弃的外星人

淘淘的心里隐隐有不安情绪闪过，他意识到危险越来越近，便拔出插在背包外口袋的喷枪。这只喷枪内含多种元素，可以让敌人眩晕、麻痹，甚至晕倒。

气味似乎变浓了，几乎让人作呕。

前方有一团白雾罩住了什么东西，让人看不清楚。

淘淘取出口罩戴住，一只手举起喷枪，另一只手拔出腰上挂的短刀。

探照灯直直照射白雾，雾气太厚，有淡淡青光乍现。

淘淘提着脚尖走路，尽量不发出声音，一颗心怦怦乱跳，已经失去了规律，越跳越快，几欲从胸腔跃出。

好像太紧张，或者太害怕了，他感觉手心出了汗，不禁握紧了喷枪和短刀。

浓雾比白雪还白，看久了，也会让人眼睛不舒服。

他停住脚步，准备喷点医学药品作试探。

突然，眼前一个恍惚，身体居然飞了出去，连惨叫声都未发出，就和岩石撞了个正着，短刀和喷枪立刻甩出了手掌，掉在不远处，喷枪差一点就滑进酸水。

疼痛随之而来，汗水细密地出现在额头，他眯起眼看那团雾。

浓雾渐稀，一只奇异的生物显现，长得很像火烈鸟，高挑而美丽，唯一不同的是它身上会发青光，眼睛有嗜血的红光。

刚才它只是一拍翅膀就把淘淘扫飞了，可见力量无穷。

这只怪物正大摇大摆地走过来，翅膀张开，红眼睛几欲要喷出火焰来。

淘淘疼得无法伸手取出其他武器，好像闪着腰了，怎么办？他急得大口喘气，一只脚卖力地伸向最近的短刀。

6 邪魔

死亡气息无比强烈，笼罩在淘淘头顶，浑身冰凉，直透手心脚心。

奇异生物抬起它的利爪，完全呈"金鸡独立"状。他看到它脚掌上的利爪又黑又亮又尖，坚硬无比。光想想它的锋利就令人胆寒，不用质疑，它只要一出招，定可划断他胸膛的肋骨。

这种恐惧如影随形，短刀无法够着，怪气味袭来，几欲令他晕倒，双手朝背包摸去。

此刻，任何动作都是徒劳，似乎连汗水都凝在了他的下巴。

忽啦啦——

几乎是一阵强风带过，一种令人作呕的腥味汹涌来袭，黑洞洞的上空涌现一团生物——绿色苍蝇，个头和蝙蝠差不多大小。

它们一出现就惊动了这只怪物，怪物立刻收爪，扇了两下翅膀，转瞬间腾空而去，消失在黑暗中。

它留下一股气流把淘淘甩了出去，遭罪的身体再次撞到了岩石，痛得他的骨头好似散架了。

只是在这一刻他无比清醒，眼前的生物停在半空中，露出凶相和垂

涎三尺的丑态。

难道这群绿苍蝇会吃人？淘淘脸上惊疑不定，原以为躲过一险，没想到更可怕的竟是现在的生物。

试想被一刀结果来的痛苦比较短暂，倘若一刀刀凌迟岂不是生不如死？这么多苍蝇一只一口咬在身上，他得流多少血，失掉多少肉才会断气……不敢想，不敢想……

他那青白交加的脸色闪过一抹痛苦。绿苍蝇翩然而来，气势没有刚才凌人，却一样致命，那一双双阴森森的眼睛仿佛能视物一样，锋芒毕露，怪不得奇异生物被吓跑了。

余光轻扫，不禁眼睛大亮，他急忙一探手，牢牢抓住了喷枪，神色如获至宝。

眼睛一花，脑子里警钟高鸣！

扑哧——

喷枪的枪口激射出一簇簇浓墨般的液体。

啪啪啪……

一只只绿苍蝇相继摔落在地，"嗞嗞"，有几只掉进了酸水里，没几秒就被腐蚀成支离破碎的残体。

侥幸没被击中的绿苍蝇则逃之夭夭，空气里残存的杀气消失了。

淘淘惊魂未定，艰难地爬起来，看着地上蠕动挣扎的绿苍蝇，他没有痛下杀手，有些慌张地逃跑了。

临走时还不忘拾回护身短刀，这一点他都有点佩服自己清醒的头脑。

类似火烈鸟的奇异生物姑且称之为"火鸟"吧。火鸟和绿苍蝇既然是飞行生物，表明附近有出口，它们不像洞穴生物，如果长期寄居在没阳光的地方，眼睛是会退化的，但是它们的眼睛太亮了，绝对是喜欢阳光的生物，至少不会是长期待在黑暗角落的怪物。

忽然，他又惊叫一声，急急地捂紧了嘴巴。

他跑得太快，竟然迷失了方向，进入一个十分恐怖的溶洞。这个洞很宽广，没有奇石异物，平凡得没有一丝艺术可以鉴赏，却生活着百万只爬虫。

仔细一看，淘淘抽气的同时，脑里蹦出两个字：蟑螂！

满地蟑螂在黑色的泥土里翻滚、蠕动、攀爬，每一只都是灰黑色，既难看又恶心，甚至是在啃噬什么东西。

泥中隐隐有细细的白骨裸露出来，不知那是什么动物的尸骸。

淘淘情不自禁地退了好几步，退到一块石头上，手脚仿佛陷入寒冰中，冷得寒心，冷得无法思考。

探照灯向上空照射，石壁上悬挂着一只只黑色蝙蝠，老幼皆有，如一盏盏小灯泡悬挂在头顶。

他的脸有点黑，似罩着一层阴霾。无论谁看到这一幕，脸不黑也要阴沉下去。有一两只幼小的蝙蝠从上空坠落，一触地，上百只蟑螂蜂拥而至，把蝙蝠包裹得密不通风。一分钟后蟑螂散开，一小具白森森的尸骨暴露在空气中，还有几十只蟑螂在尸骨中穿行，连骨头也不放过。

淘淘咽了一下干涩的口水，决定不走这条路，他可不想被蟑螂吞吃了。

望望百米外的出口，他有点释然，蝙蝠一般栖息在离出口处不远的地方，恐怕出口外可以见到阳光。因为蝙蝠的生活习性是昼伏夜出，不喜阳光，但也要出去觅食，也就是说跨这个溶洞，可能有另外一个出口——这个神秘洞穴的出口，也许很难走。

不管它了，现在同伴没找着，洞穴之谜还没探出个所以然来，说出去太早了。

他取出粉笔在石壁上做记号，准备往别处走。他回头看看，发现还有很多不知名的爬虫，其中一种它知道。那是蚰蜒，身子长，似蜈蚣体型，小细长腿有二三十条，爬得飞快，不要小看它，它的食物可是蝙蝠。有不少蚰蜒正在偷袭那些刚出生的蝙蝠，有点吓人。

洞穴玄机之被遗弃的外星人

淘淘甩甩手，扭头溜掉。

走在甬道上，喊一嗓子后，他就后悔，声音回响得厉害，回音里还有嗡鸣声，隐约另有一种磁音。

千万不要引来别的生物，他可是真怕了。

可是不喊同伴的名字，怎么办？他如何才能更快地找到他们，也不知道他离他们到底有多远，或者身处什么地方。

迷宫般的洞穴实在多，转得他头昏脑涨。

再次看到他做的记号，他真的懵了，难道他和他们不在同一层？或者说他们在另一片区域。

头顶有很多星星，亮晶晶，闪着柔和的光芒，密密麻麻地织着梦幻世界。

淘淘使劲揉揉困倦的眼睛，看清楚后，他恍然，那不是繁星点点，只是尾巴发光的虫子，喜欢粘在石壁上当灯泡的小东西。

"这里好美！"他感叹。

在假星星的点缀下，石灰岩洞美不胜收，石膏结晶群簇拥在一起，裸岩上布满脆弱结晶，如细盐堆成，细细的白色质地，洁净而质朴。

水塘碧绿，浮着片片绿色，水下有野生小鱼、伯利兹白蟹、蝾螈等，这些形态各异的鱼都没有眼睛，但不可怕。穴居动物终日不见阳光，自然无法视物，日久天长，眼睛就退化了。

沿着水塘的流水，在激流处他看见了洞穴天使鱼，它们有两对类似天使翅膀的鳍，神奇而美丽。

这家伙还会在石头上小段距离攀爬，很可爱的动作，它们以细菌为食。

淘淘看得入神，忽然耳朵竖起来，身体僵了僵，却绷得很紧，这是一种本能，他听到细碎的声音，飘渺却真实。

"不行……"

是伟明的声音，淘淘兴奋得跳起来，心底升起暖流，亲切的情感油

然而生，仿佛孤雁寻到同伴时那般激动。细细分析，他竟无法判断那声源出自哪里。

"伟明——伟明——是你吗？你在哪里啊！"

淘淘四处打转、寻觅，可是好不容易才听到的声音，现在却消失了，完全没了踪迹，仿佛刚才只是他的错觉。

他不相信，一刻不停地搜寻，也止不住地呼唤同伴的名字。

兜兜转转，他转到一处崖口，望左右，他失望，这是一条绝路，左右无路，上不得，下不得，返回的话也是无望，他都寻遍了。

为什么明明听到声音却找不到人？寒星洞比想象中更神秘、危险、神奇、诡异。

"伟明——"

他对着崖下用力嘶吼，仿佛要用声音穿透各种阻碍，喊到同伴心里去。

"伟明——"

嗓音依然厚实，说回音可绕梁三日亦不夸张。

突然，淘淘心跳加速，呼吸有一刻窒息。

四周被黑暗统治，一切都很安静，阴冷的空气回旋于周身，他紧张极了。因为他的呼喊有了回应，他听到了，尽管那一声很轻，不，不是轻，应该是距离太远了。

"伟明——"他用足了力气，爆发般喊叫，声音有点颤，带着喜悦。

"淘淘——"熟悉而绵长的声音，有欣喜、苦涩、讶异，掺杂了很多情绪，一时说不上来，一时无法肯定。

淘淘的身体抖了一下，伟明！真是伟明！

寻找的过程他不是没害怕过，他害怕万一就此永远找不回同伴，永远困在此地，永远回不了家。等待死亡其实多么可怕，一个人孤单等待，在一个令人沉沦的黑暗地带寻寻觅觅，恐慌至极……他再也不要这

51

洞穴玄机之被遗弃的外星人

种感觉。

仅这一秒的回首就让他欷歔不已，他就像在黑暗中捕捉到一缕阳光，浑身大放光彩，目露希望之色。

"在哪里？你们在哪里？"

"下面，你跳下来，用降落伞下来！"传来的声音很难听，类似杀猪声。用脚趾想也能知道这人是象象，那个肥得像猪的胖墩子。

奇怪？他们怎么跑悬崖底下去了？淘淘甩甩脑袋，不是想这个的时候，还有更重要的事要做。

"你们等等我，我去叫耶鹿，一定要等我啊！"喊完，他没有马上跑掉，直到听到下面的人回应一声才敢离开。

沿着记号一路寻去，没有费太多力气，他重新回到耶鹿身边。

一步踏入洞里，他脸上血色尽失，甚至是不敢相信。

几乎是惊声尖叫，声音震得洞穴似乎晃了一下。

见鬼了！

耶敏不见了，连雌黄石一块不见了！

更爆炸的事是：耶鹿像鬼一样躺在地上，身上满是或红或紫的花色斑纹，那双清澈却含满忧伤的眼睛，布满红紫交错的斑纹，眼白再也见不到一块，头发不再是黑色，相反却白如雪，耳朵又长又尖，整个人看起来非常恐怖，仿佛来自地狱的邪魔。

"——耶——鹿——"

这一声叫得失魂落魄，没了生机，没了温度。

静，整个空间静得出奇，没有人回应，她一点声音都没有发出，像个死尸一样，无视周遭，无视宇宙，连自己似乎都无知无觉。

7 寄生虫

含有硫酸的水滴敲击着地面，"叮叮咚咚"奏出孤寂的乐章，这种孤寂萦绕在淘淘心头。这一刻已经被悲痛全部掩埋，整个洞窟似乎也被他的情绪渲染，流动着淡淡的哀愁。

　　面对如此巨大的变故，他的声音颤抖得难以自持：

　　"怎么会这样？为什么？"

　　"耶鹿，起来！快起来！你怎么了？"

　　"是谁把你害成这样？你有没有听到我说话？起来呀！不要这样一动不动，明明没有死……"

　　一连串的不解，一连串的怀疑、惶恐从他口中喊叫出来，眼泪不争气地流淌。耶鹿一双死鱼眼般的眼睛仿佛从此归于平静，没有任何反应。

　　贴在她的胸口倾听，她的心跳不正常，时乱时稳，偶尔脆弱。

　　冷静片刻后，他便意识到这里不是久留之地，观察四周，没有发现异常，他的思绪百转千回，设想过种种可能发生过的事，却忽略了一种

洞穴玄机之被遗弃的外星人

可能,直到他见到伟明——

他把背包挪到前面,背起耶鹿就走。

耶鹿不算重,但她身上的背包却不轻,累得淘淘一路汗水淋漓哼哼唏唏。

也不知道为什么,一路上,他总有一种强烈的意识,似乎背后总有一道阴风如影随形,等他回过头去仔细看,背后的环境并没有出现一丝异常。

这里毕竟是阴冷的洞穴,有些怪异似乎说得过去,别是自己疑神疑鬼,庸人自扰……他边想边加快脚步。

到达悬崖口,他把耶鹿固定在背上,两人共用一个降落伞。

跳下悬崖,像海燕一样在空中飞翔,心情似乎惬意了一点。

砰——

降落伞打开,恰似一朵白蘑菇在黑墨般的空间里绽放、飘落。

悬崖上有一道白光闪过,仿佛明亮的流星在空中划过,灿烂辉煌,只是一瞬间。

两人悠悠落地,还没来得及看清崖下的环境,伟明便冲了上来,一股青草香扑鼻而来。

淘淘平视过去,看到伟明像是被闪电击中,一下子惊愣在当场,他身后赶来的人:胖墩子与文文和他一样的反应,可以说是更加强烈。

淘淘睨了一眼背上的人,悲伤在眼中凝聚,也泄出一缕疲惫。他已经好长时间没睡觉了,记不得是多久,没有去注意时间。

"帮我把降落伞收起来吧,我累了,想休息一下。"说完,他也懒得管他们的眼光,慢慢解开腰上的绳索,放下耶鹿。

伟明他们三个听到他说话,又怔愣一下,情绪复杂难辨。

气温有点低,比上面冷一点。淘淘眯起眼打量环境,这里的空间十

分宽敞,是个超级大的厅洞,同时是一个奇异的厅洞。有雪花般的晶体开放在石壁,更多烟花般的彩色结晶簇拥于地面,美得神圣,加上不少发光的矿石,给厅洞添了一层幽光,简直如临仙境。

也许是见到同伴身心一下子放松,强制振作的毅力片刻间瓦解,疲劳就如滔滔江水汹涌而来,眼皮上下打架,他没能撑住困乏,就地躺下入梦了。

他居然没有注意到同伴中少了一个人。

伟明坐在耶鹿身旁看得仔细,文文收起降落伞,目光一直在耶鹿和淘淘两人身上转悠。看得出文文在痛苦些什么。

胖墩子远远站立,他眼中的恐惧一闪一闪,不时敛下眼波,把自己转入黑暗处。

淘淘掉队后,伟明他们四个人身上也发生了令人震惊的事,所以才见怪不怪,表现得如此安静。

伟明握住耶鹿的手腕,感觉她的体温偏低,似在低语的声音从他的嘴唇传出:

"她的症状太奇特,仿佛邪魔入侵,洞穴里发生的事已经超乎了常理。有些可以用科学来解释,少部分仍是个谜,却是致命的,让人无法反抗,来不及反应。"

"她不会是……和安琪一样吧?"文文站在伟明身旁,满脸惊吓后的神色,似乎又忆起什么可怕的事。

伟明看了看淘淘,嘴唇微动,欲言又止。

胖墩子完全是一副后怕的样子,他壮着胆子说:"寄生虫——她若是被寄生虫——会不会危害到我们?或者说细菌传染,也是十分危险,我们该怎么办?"

伟明一脸凝重,"我终于明白了,这里有变异生物,有些东西能侵

洞穴玄机之被遗弃的外星人

人人体。如果是这样我们真的生命垂危,最可怕的事莫过于潜伏期的病原体,难道我爸爸——"一种揣测在他的思路里形成,他不敢肯定,只是摇了摇头。

静默,耳边除了偶尔传来"咯嘣"声,便是细小的声音——窸窸窣窣,听得真切,让人无法平静下来。

说不上来什么气味,不好闻也不难闻,湿气浮动,空气并不清新。

三个小时后,淘淘醒来。身旁还躺着伟明、文文和胖墩子,他们似乎睡得不怎么安稳,眉头皱得很紧。

淘淘刚起身,伟明便睁开了明亮的眼睛。

他们对视一眼,同时又凝望一米处的耶鹿,她还是老样子,像个植物人。

下一刻,他们就结伴同行,往厅洞中间走去。

淘淘盯向头顶,石壁上垂着几串"鼻涕石",悠悠晃着,不时会有一滴浑浊的水掉下来。"鼻涕石"是一种大型菌落,可以养活蚋的幼虫。

他开始扫视其他结晶体,语气有点急促:"安琪呢?"

伟明拢了拢领口,深吸一口气,"安琪病了。"

淘淘猛然转过头看他,情绪如一石激起千层浪,声音不稳:"到底发生了什么事?"

伟明叹了一口气,苦楚无处不在,"你被玻璃岩吃掉后,我们都害怕了,一时都不知如何是好,石头砸也没用,根本找不到你。正在彷徨时,一团阴影就袭来了,看清楚时,我们都愕然,它是寄生虫!竟是几千只寄生虫组成乌龟状,分流得很快,如黑色泥石流倾泻,我们慌乱地乱踩,这些寄生虫真恶心,一踩就成碎泥状。我们几个人一刻不停地踩死寄生虫,有几只还爬到我们身上,我们如临大敌,紧张地拍掉,最后消灭了许多寄生虫。这种寄生虫倒是十分顽固,不死不罢休,居然没有一只逃走,没死的继续攻击我们。"

他露出了苦笑,"星鼹成了麻烦体,身上的毛害了它,成了寄生虫的屏障,幸好安琪一直紧紧抱着它,她一直帮忙给它逮寄生虫。它免于被侵害的同时,安琪却遭罪了,她毕竟只有两只手、一对眼睛,哪里顾得了那么多,她光顾着不让星鼹受到伤害,却被两只寄生虫给钻了空子。原来这寄生虫从耳朵进入人体,当我亲眼看到时再想挽救,一切都晚了。安琪被寄生虫害得痛不欲生,身体起了剧烈反应,皮肤发黑,眼神涣散,血丝暴涨,样子十分可怕,她差一点就撞死自己。"

"不得已的情况下,我给了她一针麻醉剂和一针止痛剂,但我不敢给她睡眠剂,我害怕她会一睡不醒。她就这样活生生受苦受痛,什么都做不了,发泄不了,我们只能眼睁睁看着,一点办法都没有。"说着,一滴清泪流到他脸颊,"这里真是魔鬼洞窟!"

情绪陷入痛苦的深渊,他一时无法恢复过来,话也没有说完。自从发生这件事,他已经无法淡然处事,很多事都变得十分在意,甚至心生愧疚,他害了大家,如果不来的话……

这些话激起了惊涛骇浪,淘淘的心情在浪涛中沉浮,脑子一下子空白。

"安琪现在在哪里?"他低吼出声,双手抓住伟明的肩膀使劲摇晃。

伟明抬眼注视他,丝丝愁绪从眼波中传向四面八方,"星鼹和她在一起,她可能永远昏迷着,也可能会醒来。"

"什么?"淘淘身体一僵,双手离开伟明的臂膀。

"星鼹是一只具有灵性的动物,它带着我们离开玻璃石,从一条隧道下去,隧道直通崖下,就是这里,它还领着我们去一个洞窟。洞窟很小,里面烟雾缭绕,它示意我们把安琪放在洞里,我们照做了。我们守

洞穴玄机之被遗弃的外星人

在洞里,一直过了五个小时,安琪体内的寄生虫被逼出来一只,看到那只臭虫,我们红了眼,迅速跳上去踩死它,同时兴奋异常。我们想到是烟雾在起作用,再等一段时间第二只寄生虫应该可以出来了。第二只虫子溜出时,我们又集体行动,全力踩死它。寄生虫清除了,安琪一直强撑着清醒,那一刻她说了几句话就昏了过去。还好,她的皮肤在转好,痛苦也消失了,却一睡不醒,我们只好把她留在洞窟里,出来找你和双胞胎。"伟明看着他担忧的目光,"放心,那个洞窟应该很安全,似乎烟雾可以抗击毒物。"

"你说她转好了,为什么还说她醒不来?"淘淘有点糊涂了。

"她昏睡后一直不醒,十个小时过去了,现在还没醒,你休息时我去看过。就怕寄生虫给她的身体机能造成了无法治愈的伤害,这种条件下,我无法断定结果。"伟明低垂眼眸,哀伤泛滥。

"耶——"他顿了顿语气,话语哽在喉咙。

"她是耶鹿,我也不知道她怎么了,我和她分开了很长时间,耶敏不见了,现在生死不明。"淘淘简单扼要地说。

伟明惊了又惊,静静地望着他的脸庞。

"我曾经听到你说'不行'两个字,当时你在哪里?"淘淘想起这件事,不由心思起伏不定。

"我们当时在隧道,文文说要分开找你们,我拒绝了,分开的话很危险,我不能再让大家走失了。"

"隧道?"

8 中毒

"是的,我们把安琪留下后就重回隧道,想回去找找看。"伟明说。

淘淘沉思了一会儿,凝神片刻,"照这样说,那条隧道离我当时的位置很近,怪不得我会听到你的声音。现在有点明白了,我要么是被玻璃岩吸走了,要么是玻璃岩具有时空转移能力,把我吸食时并转移。我找不到你们,说明我们之间隔着某些屏障,我无法越过去,或者我疏忽了,毕竟洞穴九曲十八弯,想走全了并非易事。我还想到,假设玻璃岩只能吃人,没有转移的功能,那么就非常可怕了,显然是有东西把我和双胞胎移过去了,也就是说那个滴水穿石的洞窟是第二现场,这也就解释了为何洞窟里见不到玻璃岩。"

"耶敏被封再到消失不见本身就不可思议,什么东西能办到呢?"他越想越不安,直至脸上的冷汗形成水滴掉落在手上才惊醒。

伟明脸色煞白,目光一直没有脱离淘淘的脸蛋,他的情绪尽收眼底,"我们要不要继续?"

洞穴玄机之被遗弃的外星人

伟明完全醒悟了，从父亲的死亡谜团里彻底警醒，尽管很不甘心，发现越多诡异事件，他们离死亡之路就越近。他不能这么自私，为了破谜把同伴的生命全部葬送。根据淘淘的分析，如果事实真是如此，说明他们被不明生物盯上了，这该是多可怕呀！

淘淘闻言，愣了半响。

"半途而废不是我的性格，但是这里的危险不是我们能够能应付的。找到耶敏后我们就回家，到时候让有实力的科学家和探险家来考察，谜底一样可以揭晓。"伟明跟他提出自己的想法，显然很有挫败感。

"你对自己没信心？"淘淘看到他颓废的样子，不禁反问。

"信心———"伟明向前走了几步，遥望头顶那高深莫测的黑洞，"我爸爸一直都有信心，有些事不是有信心就能办到，如果连命都没有了，还能指望什么？"他一个回转身注视淘淘，目光盯在淘淘的眼睛里，"留得青山在，不怕没柴烧。"

"我明白了，你担心我们。"淘淘深深看了他两眼，朝另一个方向踱步，"也好，"他扭头望向耶鹿所在位置，悲伤植入心间，"毕竟她都成那样了，必须尽快救治，还有安琪。"

伟明紧紧跟了上去，他同样注意到了一块石头。

几大块云母和蓝晶石拥挤在一堆，中间有一块掉了色的片岩，正面剥落掉的黑色不是自然形成的，人工导致痕迹明显，岩面平坦有刻字，目测大约五六个字。字体和象形文字差不多，有的字像酒杯，有的字像简单的符号，有的字像韩文，某一个字像耳不是耳。深凿的笔画里透着酒红色，有蒙尘效果在字里行间，字体的排列方式还算整齐，间隔两指宽。

"古老的文字，从形象看至少有三千年，这个洞穴存在有这么长历史吗？"伟明嘀咕出声。

淘淘也捉摸不透，"这块黑色片岩不像千年老妖，石质有点脆弱，居然没有被腐蚀，有点问题。"

伟明忽然一笑，"总不会造假吧。"

"这处厅洞里的结晶体多得数不清，显然化学物质也不会少，湿气又重，多数结晶由石膏生成，钟乳石由石微粒组成，水质里有碳酸钙，硫酸水流的侵蚀形成迷宫般的洞穴，还有那满地的石笋都是水滴穿成。如此叹为观止的奇景不是一百年可以造就，需要日积月累，几经风化，旷日持久的洗礼。因此这块黑色片岩如果长时间在这里，应该千疮百孔了，怎会只是脱层皮呢？"淘淘说，言语犀利，几乎不容辩驳。

"确实如此，有道理，你说得太对了。"伟明连连赞同，眼光有佩服，也有疑虑，"难道又是被人移过来的？"

"假设来过这里的人不止你爸爸和我们呢？人工移动也不是不无可能，可是为什么要移来这块石头？莫非有什么秘密？"淘淘的思绪有点混乱，实在想不明白。

"有人为了利益会到极危险的地洞摘取燕窝，那么——"伟明目视花岗岩认真地说。

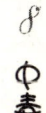

"利益？你是说——"淘淘眼睛雪亮，把后半句话咽下去。

伟明明白他在想什么，朝他点头示意。

于是，淘淘取刀削向片岩，里面的石质居然是玉石，绿得晶莹，色泽饱满，好大一块宝石。

洞穴玄机之被遗弃的外星人

"真是宝啊!还被有心人精心伪装了一下,变成了一块刻字的石头。宝石和文字石头是两种不同概念啊,佩服那些人为了得到玉石居然如此用心。"淘淘哑然失笑。

伟明看看他,露齿一笑,眼神暗了下来,"如果是半途被丢弃在这里,可能是遇险了。"

"遇险?"淘淘愕然一惊,迅速直起身。

"总之,没有一处安全了,我们要快点找到耶敏。"紧迫感压向伟明。

"对于耶鹿,你有什么看法?"淘淘握紧了拳头。

"她吃了不该吃的东西,我看了她的口腔,有亮晶晶的紫色液体,腥味浓重。"伟明说得很平静,却重击了一下淘淘的心。

看到他脸色突变,伟明关心地问:"你没事吧?"

淘淘紧握的拳头在剧烈颤抖,脸色忽青忽白,声音有点失控:"她不是自愿的,一定不是自愿的!"

"什么?你说清楚一点。"伟明反射性加重口气,探究的目光一眨不眨。

淘淘夺路向耶鹿那里奔跑。

伟明急忙跟上,两眼茫然。

文文被疾步而来的响声惊醒,她揉揉眼爬起来;胖墩子是雷打不动,睡得香甜,口水淌了一地。

淘淘蹲下,俯身过去,双手掰开耶鹿的嘴巴,仔仔细细观察几遍,他睁着大大的眼睛凝视伟明,好像在说:果然是这样。

文文来回打量他们,静静等待他们说话。

"中毒！她是中毒了！"淘淘说出的话字字有力。

中毒？伟明有一瞬没反应过来，视线盯在一处不动，暗沉的眼睛慢慢转入深黑色，似深潭，几乎要把人吸进去。

文文听后，吓得舌头打结，含糊不清地说："为什么会中毒？"

"赶快送她去安琪那里，试试看能不能用烟雾排毒。"伟明说，自己立马行动，弯腰背向耶鹿，"把她放到我背上。"

淘淘二话不说，和文文拉起耶鹿往伟明背上送。

伟明稳了稳身形，跨出几步后转头说："叫醒胖墩子，我们一起去。"

几个人匆匆忙忙，连话都没时间说，只顾赶路。

拐过几处溶洞，还没进洞窟，星鼹就从里面跑出来，它跳跃的样子十分可爱。

见到他们，它似乎松了一口气，这是一只警觉性很高的动物。

伟明把耶鹿轻轻放在安琪身旁，目光滑向安琪身上，她依然安详，平缓的呼吸，胸口一起一伏。

淘淘也在注意安琪，忧心忡忡的样子。

星鼹伏在一侧，乖乖地看着，金银眼异常明亮，如一轮太阳和一轮月亮各具特色，不变的是光芒四射。

洞窟里的烟雾时稀时浓，仿佛云团时散时聚，朦胧而诗意无边。四壁却是石灰岩，卡着满满当当的变质石——石榴子石，以及屈指可数的乳石英，一种常见的脉状矿物。

淘淘知道乳石英是由地下的灼热化学溶液形成，他盯向脚下，难道地下有火山？

洞穴玄机之被遗弃的外星人

他抬起头,心思斗转,面向伟明说:"我之所以肯定耶鹿中毒是因为我见过那种亮晶晶的紫色液体,它来源于绿苍蝇的黏液,即口水。也就是说苍蝇的毒液就是亮晶晶的紫色液体。这种苍蝇应该是变种生物,它们身上也有腥味,是食肉昆虫,个头和蝙蝠一样大。所以我不相信耶鹿会傻到去吃臭昆虫的口水,误食更不可能,基本常识她还是有的。不是自己的东西她都不会吃,更别说野味,洞穴里的野味会吃死人的,她不敢。再说了,她当时焦急为耶敏解困,连开口说话的心情都没有。那种情况下,连低级动物都会心生警惕,更何况人呢?怎么看,我都觉得耶鹿不会主动去吃那东西。"

其他人面色大变,眼睛瞪得溜圆。

"被迫食毒吗?"文文大胆猜测。

"我希望不是被迫,否则就太可怕了!"伟明细语,沉寂下来。

正当大家陷入莫名恐慌时,外面有了动静,一声敲击石头的响音划空而来。他们惊了一下,几人面面相觑。

9 异形

走出洞窟,他们十万分的小心,举目四望,在同一个目标上停顿,他们的瞳孔微缩,冷汗狂飙,站在那里似冰雕雪塑。

这是第二个厅洞,比第一个厅洞更大更深邃更壮观。高耸的石柱如一柱擎天,独特的石柱如同几百棵竹子相依相生,绿油油泛光;下垂的结晶体剔透光滑,有的状似葡萄,新鲜诱人;地上凝结的石笋仿佛一个个酒杯,盛满各色液体,在光波中交相辉映,令人目眩;长满绿色苔藓的岩石恰似一尊尊艺术品,彼此临望。

破坏景致的是耳边传来轰鸣声一波接一波,分明是兽鸣,以及不远处的空地上有两只异形生物。一只高大威猛,形如犀牛,全身呈银色,宛如身着银色盔甲,坚不可摧,两只眼睛红彤彤,尾巴如一杆标枪,尾端尖锐且锋芒毕露;另一只比这只银犀牛高一米,壮好几圈,形似骆驼,却长着猫耳朵,眼睛小若蚕豆,红如夕阳,厚厚的皮肤表面覆盖着一层球状晶体,看似柔软的晶体,其实坚硬无比。

兽鸣显然是银犀牛和猫耳骆驼的杰作。

洞穴玄机之被遗弃的外星人

"扑扑"几声,远处石缝中栖着的不知名生物蓦地惊起,一飞冲天。

两只异形生物已经对着他们叫嚣着冲来,顷刻间地动山摇,有如千万铁骑踏步过河,交杂出各种声音,声声入耳。

"咯嘣"又有石块在摇晃中下坠,一击而响。

探险队成员惊骇万分,一会儿置身炙热的熔岩,一会儿置身寒冷的冰窟,两种感觉忽上忽下,脸色也跟着一红一白。

对方来得太突然,比猛兽下山更加气势磅礴。

箭在弦上不得不发,伟明迅速执起一张弩。

咔嚓!

五支利箭同时出鞘,箭尖发出寒光。

嗖嗖嗖嗖嗖!

同伴看到离弦的箭,脸色刷的恢复成正常色,纷纷掏出防卫武器——大小不一的黑弩。

空气中传出撕裂声、撞击声和破碎声,乱七八糟的声响混杂在一起。

伟明最先发出讶异的叫声。银犀牛那一身银色果然与盔甲不相上下,弩的张力非同凡响,却无法刺穿它,只能入肉一厘米,丝毫不见血,简直就是给它挠痒痒;猫耳骆驼在冲刺中受了轻伤,有一支箭入了肉,另一支箭被它身上的圆形晶体击断了。

"分开跑!"

淘淘冲天一声吼,撒腿狂奔。

四个人朝四个方向奔走,除了星鼹。它闪进了洞窟,缩到了角落里。

银犀牛和猫耳骆驼早被这些显眼的人类吸引了眼球。银犀牛踏步旋转，朝伟明追去，此时它似乎更加愤怒了，目光残暴。

猫耳骆驼也掉转身，竟然向文文奔去。欺负弱小似乎是猛兽的通病，文文是女生，自然柔弱些，速度没有男生快，几乎是十步三回头。

瞧见怪物追击而来，文文的脸色灰白至极，脚步却没慢下来。

"找缝隙躲进去！"

伟明的吼声非常响亮，音波向四周扩散。

缝隙……文文的思想里注满了这两个字，眼睛开始注意石缝隙。身后的猫耳骆驼离她更近了。

淘淘收住脚步，朝奋力逃命的胖墩子高喊："墩子，回来，前后夹击怪物，我们分头行事。"

胖墩子大喘粗气，完全不想止步，还一个劲地奔逃。

"胖墩子！站住，你去对付猫耳骆驼，我去对付银犀牛。快点！文文有危险了！先用弩把猫耳骆驼引到你身上，等对方追出一段距离，你再叫文文把它引回去，先用车轮战稳住它。我和伟明如果干掉银犀牛，自然会去帮你们。"淘淘急速叫道，匆忙离去。

胖墩子听到淘淘给他出的主意，心下宽松了不少，扭头四下查看，一个人自言自语："银犀牛比较厉害，好像刀枪不入啊，幸好淘淘没叫我对付银犀牛。猫耳骆驼也不简单，又高又壮，堪比暴龙了。"说着他的身体一哆嗦，胆子似乎又变小了。

一声暴喝刺空袭来："胖墩子，你再发愣，我就把你丢给银犀牛当午餐！"

距离太远，叫声却不小，胖墩子无法看清淘淘的表情，但想想也知

道,他肯定气得脸都绿了。

一时间胖墩子清醒了不少,冲着他背影点点头,用一种意气风发的高调形式朝一个方向高唱:

"文文——我来救你了!"

在千钧一发的时刻,文文钻进狭小石缝,瑟瑟缩缩,脸色惨白。

轰——

猫耳骆驼一下子冲撞上去,震得岩石晃三晃,吓得文文呼吸困难。

轰——

猫耳骆驼不死心,依然用它那庞大的身躯攻击岩石,似乎要把岩石撞碎。

咯嘣——

岩石居然如此不堪一击,出现了多道裂缝。

"救命——"文文大惊失色。空间太小,她根本无法使用武器袭击怪物,可以说动弹不得。

胖墩子远远地望着,神色慌张,嘴里哆嗦出一句话:"车轮战——希望可以把它拖垮。"

他学起伟明潇洒的身姿,凌厉的眼神目视怪物,掌执一张弩。

破空声响过后,"当当当"他感觉脑袋里有钟声在回荡,因为他射出的五只箭完全刺空,全部砸在岩石上,纷纷落地。

一副惨败的形象完全呈现出来,他低迷地叹口气,"我的姿势这么标准,为什么射空?看来弓箭只认帅哥。"

"小心,胖墩子!"

文文担忧的叫声打碎了他走神的表情。

抬起头，他的眼珠子差点掉下来，杀猪一般的号叫："啊啊啊，怪物——别过来——"

虽然箭没有射中它，只击中它身旁的岩石，但是成功引走了注意力，猫耳骆驼如受惊的野兽，朝胖墩子疯狂撞去。身上那一箭应该是起火点，再次看到箭袭来，它不怒才怪。

"找石缝躲藏。"文文没忘记提醒一下。

车轮战就此开始了，只是胖墩子累得半死，谁叫他一身赘肉，运动对他来说是折磨。

另一方，伟明和淘淘被银犀牛逼到死角了。银犀牛确实比猫耳骆驼厉害好几倍，它的尾巴一扫就把岩石击碎，比钢鞭还硬几分。

伟明和淘淘只要一看到它转身就脸色大变，因为它转身的话表示它要使用尾巴攻击你，若是被鞭到身体，恐怕肠子也会被打出来。

银犀牛哼哧着，面对他们呼出一团热浪，扑得他们着实不舒服，冷汗出得更密了。

现在他们和怪物之间隔着一个小洞口，小洞口离地一米多高，所以他们和它彼此能看见对方的脑袋。

他们身后是另一番天地，有一个水潭不知延伸到哪里，只有下水才能清楚。水深却很清，有一群大眼鲷在觅食，它们和蝙蝠一样成群出洞，结伴而行。

小洞口周边的石壁有角有棱，银犀牛挥了一鞭子后就没再出手，石壁震碎了好几块，不过棱角也割得它尾巴生疼。

就这样大眼瞪小眼，彼此对峙而立，一些零碎的声响不时传入耳朵。

洞穴玄机之被遗弃的外星人

洞口较小,他们的视力范围有限,不过这不是问题的关键,现在他们眼里全是银犀牛的影子,它的一举一动都牵扯着他们的神经。

"这块铁太硬,我们该用什么攻击它?"淘淘询问伟明。

伟明拉开背包拉链翻看东西,然后很失望地摇摇头说,"都是些无法入眼的小东西,对于求生管用,打击如此彪悍的怪物却不行,我们需要另想办法。如果适当利用环境,也许……"他抬起头,一直遥望洞外的上空。

淘淘嘴角一勾,扯出一丝笑意,"说得太对了,怎么就没想到呢?射击是你的强项,由你出马吧?"

"没问题。先把它引过来,等距离近了,用你的喷枪。"伟明说,举起弩瞄向银犀牛,他双眼凝神,如无边的风暴在漆黑的眼底聚集,然后,汇成一股旋风。

嗷————

银犀牛惨叫一声,两只眼睛几乎要鼓出来,熊熊怒火似乎在它体内燃烧,它的架势一触即发。

轰隆一声,身躯和尾巴同时袭向小洞口,这一击十分强劲,石壁崩裂,如一块玻璃出现裂痕,那么碎落一地的时候也到了。

银犀牛的蛮劲也叫它吃了苦,它身上已破皮,鲜血横流,它的双眼仍然通红,几欲滴出血,杀气相当重。

淘淘抓住这个时机,给已经近身的银犀牛喷射液体,液体毫不客气地往它的眼睛里钻。

又是一声嗷叫当空响,红眼睛里溢出浑浊的泪滴。

"快"字刚出口,伟明的身影已经闪了出去,淘淘紧接着跑出去。

银犀牛的眼睛受了影响，追敌的劲头却是风风火火，可以看出它已经火山喷发，东奔西走，撞得许多岩石碎裂。

伟明早已隐去了身影，而淘淘故意暴露自身，银犀牛自然去追他了。

伟明攀到一根石柱上俯瞰下面，离地大约有十米，头顶有密集的冰凌，绵延几十米。

"淘淘，我找到地方了，你快点把它引过来。"高空喊话，音波传得更广了。

远方，奔腾的气势越来越明显，响声盖过了某人的尖叫。

淘淘跑在前面，没命地狂奔，身后有两条影子，一只银犀牛，一只猫耳骆驼。他把猫耳骆驼也引来了。

"好样的！"伟明站在高空，嘴角浮出淡笑，"快点，最好绕着我所在的石柱跑，这里没地方让你躲，只好委屈你了。"

"啊？"

淘淘失声叫出，看清楚伟明那里的地形，他有点懵了。伟明占据唯一一根石柱，周围方圆一里都没有石柱，岩石多得数不清，却没有可以藏人的石缝。

"你没搞错吧？"他忍不住嘶叫，早已累得上气不接下气。

"没有，难道你还不相信我的射击能力？"伟明嘴角轻轻扯出一丝不明意味的笑意，"我可是十分相信你的逃跑能力。"

"伟明，我看错你了！"淘淘发出惊天地泣鬼神的尖叫。

身后两只怪物已经到达了愤怒的极端，如破竹的攻势相当抢眼，挡者俱毁，连一块小矿石也被它们踏成粉末。一路的碎块纷纷扬扬在它们

洞穴玄机之被遗弃的外星人

周围旋转,许多突起的岩石也被夷成了平地,一条颇有气势的碎石子路就在它们身后一直延伸过来。

伟明不再言语,一张嘴抿成一条直线,瞳孔如同黑色的琉璃,双臂伸展,向前,一张弩五箭上弦,箭无虚发。

只听见破裂的声响在空中炸开,五只箭射中一簇相连的冰凌,冰凌粗大,凌角尖锐,芒光四射,齐齐下落,正中目标。

下方,猫耳骆驼一下子歪倒,背上插了十来根冰凌,鲜红的血液流了一地,它的气喘由粗转弱,小眼睛慢慢合上,一缕红光彻底从眼底消失,沉入黑暗。

银犀牛停也没停,只顾追敌。

淘淘吸了一冷气,闷哼一声:"伟明这小子真是神人,不过拿我的生命开玩笑,不可原谅!"

伟明连看都没看他一眼,继续上箭。

银犀牛离淘淘只有两米距离了,淘淘也不敢再回头,双腿有些沉重,像灌满了铅,脑子有点发飘,似乎难以思考。

伟明的脸色一刹那变得灰白,他看见淘淘摔倒了!

10 白光

淘淘倒地的时候似乎还没反应过来,这一摔将他摔了个七荤八素,耳朵震得嗡嗡直响。

银犀牛的身躯就要靠近,厚重的脚掌就要一脚踩上去。

"滚开!"伟明这一叫如警钟撞进淘淘的脑子里。

淘淘做出一个本能反应,身体向一侧翻滚。

轰隆一声,淘淘只觉得耳朵快被震聋,一只眼也瞥到近在咫尺的大脚掌,顿时汗水四溢,嗓子干哑。

银犀牛没踩到人,忽然一个刹步,准备给淘淘一鞭子,说时迟那时快,空气中有两只箭凌空击射而来。

这两箭又快又准,一下子射穿它的眼睛。

惨叫一声接一声,快速转入呻吟,庞然大物"轰"的一声倒塌,在地上挣扎、翻腾。

淘淘脸色更白了,本能驱动,他爬起来逃开了,快得如同脱兔。

嗖嗖——

洞穴玄机之被遗弃的外星人

耳膜震动了一下,他转身望去,只见头顶有一大堆冰凌砸下来,目标正中银犀牛。

这一刻它的呻吟变成哼哼声,再过几秒,连哼哼声都没了,只剩下一副温热的尸体,又过一分钟,连仅余的热度也消失殆尽,只是那一双死不瞑目的红眼睛仍然睁得大大的。

淘淘的身体软了下去,瘫坐在地上,眼睁睁地看着怪物,心思转了好几十圈,有恐惧、担忧、喜悦、后怕,更多的是迷惑。

不知何时,伟明来到了他身边。

"你说这两只怪物原本就这模样呢?还是变异成这个样子的?"伟明笑容俊雅,意气风发,这位胜利者的笑容比朝阳还要灿烂。

淘淘见状,怒气勃发,又有力量跳起来和他争论不休,"你小子太可恶了!不要转移话题,我还没找你算账呢?"

"我救了你耶!"伟明故意加重"救"字。

"我差点被你害死!"淘淘则加重"死"字。

"我让你起死回生了哦。"伟明脸上是温润微笑,眼神深广悠远。

"亏我还逞强给你引怪,你竟然这么没义气,我是人耶,动物肯定跑得比我快,更何况这种异形生物。"淘淘对此事耿耿于怀,实在咽不下这口气,"我差点被踩成肉饼了,想想我就生气。"

"你不摔跤准保没事,这两只庞然大物绝对跑不快,从它们一开始冲我们大伙儿来时,我还有时间掏弩举弩射它们,这一点足够说明。"

"关键我不是长跑能手,它们虽然跑得不快,可是耐力持久,你不会连这一点也没想到吧?"

"所以我也找好地方让你躲了。"伟明温和的声音让人如沐春风。

"什么?我怎么没看见?"淘淘眼皮一跳,不悦地说,"你周围明明

无处可藏!"

"你也说是我周围,那你周围呢?"伟明说得轻快。

这下子淘淘傻眼了,他朝"碎石路"迈去,眼睛中的黑暗霎时换成了光明,附近确实有不少石缝,他低笑几声,"你怎么不提醒我?"

"没有必要。"

短短几个字又让淘淘气极。

"万一我跑的方向不是这里呢,没石缝藏身的话我岂不是完蛋了。"

"所以说没有必要,事实说明没石缝你依然能活着。"伟明坚定地说,"我不会让你有事的,你被两只怪物追,石缝是无法保证安全的,我会用我的箭保护你,这就是我能让你躲的方法,不是指藏的地方。"

"原来如此。"淘淘释然,"为什么不早点射银犀牛的眼睛?害我心惊了那么长时间。"

"没有备用方案我可不敢乱来,万一眼睛不是它的弱点呢?万一它变得更加狂野呢?更何况它本身就生活在洞穴,听力一定非同凡响,眼睛没了,耳朵还是有的。"伟明说,目光滞留在一双红眼睛上。

"你想到了什么?"淘淘也盯向银犀牛的眼睛。

"我现在确定了一件事,这两只怪物不是本身长这样,它们绝对是变异动物。从眼睛可以看出,穴居动物的眼睛一定会退化的,而它们的眼睛却是那么明亮,显然曾经在陆地上生活过。"伟明的表情有些严肃。

"变异?那我们……"淘淘想了想,没有说下去。

几个人会合,都没有受伤。他们休息了一个小时,便决定去探路——水路。

安琪和耶鹿还是老样子。临走时,他们把洞口用石头垒起来,里面

还是由星鼹守住。

走到那个地方,他们便看见小洞口已经变成大洞口,银犀牛的力道果然让石壁粉碎了。

蹲在水潭边浅尝了一滴水,是淡水。

伟明第一个下水探路,其他人在原地等待。

他入水后就发现水底有不少白骨,从骨头形状判断,那是动物的尸骸。森森寒意顿时侵入心脏,他不禁担心水里有什么可怕的生物,同时心里有一个判断,一般浑水里才会生存大型生物或可怕的怪物,这潭水清澈,所见之鱼也是温和性的鱼类。

游了半个小时,他浮出水面,上面是一个不大不小的溶洞。蓝色的石壁,没有一丝杂质,光滑如丝质,地面也是蓝色,缀满了红色玛瑙石,美得不可言喻。

在探照灯的光芒下,溶洞愈加美轮美奂,恍如罩上一层透明的膜,让人有一种错觉,如同手执"葡萄美酒夜光杯",身在风景如画的亭子里,沐浴月圆星下,与温暖如春的夜风共鸣,人也跟着醉了。

伟明下水时就一路放长丝线以防迷失方向,所以游回去很方便,无需再判断路线。

一个小时过去了。

四个人同时出现在玛瑙溶洞。文文喜不自胜,还挖了几块玛瑙保存,她喜欢玛瑙。

烘干衣服时,几个人还没站定,就被一道奇异的光晃花了眼睛。那是一道白光,快速闪过,从水面一掠而过,溜向玛瑙溶洞的出口——扇形状的洞口。

伟明眸色暗了暗,眼力出色的他明明看到白光下有暗影,形状模

糊，光的速度太快了。

他们连想都没想就追出去了。淘淘不忘取一捆丝线沿路放线以防有去无回，所以他落后一大截。

沿途是何风景没人关心，只知道前路漫漫，甬道九九八十一弯，各种溶洞缤纷呈现。

那一道白光始终没有甩掉他们，好像是故意的，又好像是无意的。

直到白光在一处风景秀丽的水流边消失，他们恍惚的眼神陷入不可预知的茫然。

岩石层层叠叠，清泉奔流，形成大大小小的白色幕布，周围长满细细的绿色植物，一朵朵绮丽的粉红色花苞在水流处摇曳生姿，映衬得清泉好像不是人间所有。

这点不真实感很快被一道孤影所覆盖，它凌驾于水流之上，飘落在一块高高的岩石上，投影者身高五尺，浑身雪白，身形与人无异，区别在细微部分。光秃秃的脑袋十分硕大，后脑勺异常突出，像半个西瓜扣在上面，面颊消瘦，双眼特别大，不分眼白和眼珠子，像一潭黑水，又似一团黑色旋涡，却缀了几点晶亮，比星星耀眼，比月光清冷。耳朵是螺旋形，听力似乎超强，鼻了非常小，出气孔微不可见，嘴巴倒是很可爱，粉嘟嘟的薄唇闭得挺紧。

它身上不着片缕，干净得如新生婴儿，不动时像雪人，手臂纤细，手掌干瘪，手指关节修长，不像人类有五指，它一只手只有四指；两腿结实，脚掌居然有肉垫，脚趾和手指一样长，趾间有薄膜相连，似蹼状。

从它的脚掌看出，它一定可以走路不出声，在水里一定如鱼得水，其他不好判断。

洞穴玄机之被遗弃的外星人

它的眼神让人如芒在背，文文和胖墩子立马缩到淘淘和伟明身后。

它是什么东西？难道又是变异生物？

思维还没转完一圈，消失的白光居然再现，它从石缝中飞出，停在"雪人"肩上，四周一下子明亮许多，亮光如昼。

淘淘他们四个完全张大了嘴巴，但是白光究竟是什么东西他们始终无法看清，亮光的掩饰下，它的形体不可见，恐怕只有巴掌大，却比夜明珠夺目。

"你是谁？"伟明先声夺人，他已经镇定下来。

雪人的耳朵颤了颤，小嘴抿得更紧了，两只眼睛更黑更亮了。

"不会说话吗？可是你明明长得像人，虽然长相夸张得很。"文文怯怯的声音没什么威力。

雪人转过脑袋，牛眼一般的眼睛轻扫他们，接下来做出一个惊人的举动。他们只觉得眼前一花，雪人已从一块岩石跳到另一块岩石，两石之间距离五米，一高一低，它刚刚所在的岩石为低，只是一个动作它竟轻而易举跳到另一块更高的岩石。然后，它身体一弓，像只壁虎一样，从石壁一端爬到另一端，隐入两块石板间的石梯中。

他们也看清了另一端黑暗世界，蔓延在地面上的支流清清浅浅，四块长方形石头并排。一端是高出地面几公分的路面，路面平坦，水渍分明，紧挨石壁，两块石板就搭在石壁下，中间明显是一条幽径，越往上越黑，完全是梯状式的岩石路。

多么明显的人工凿击，大自然再怎么鬼斧神工，也不可能造得如此工整，如此特意，这究竟又是怎么回事？

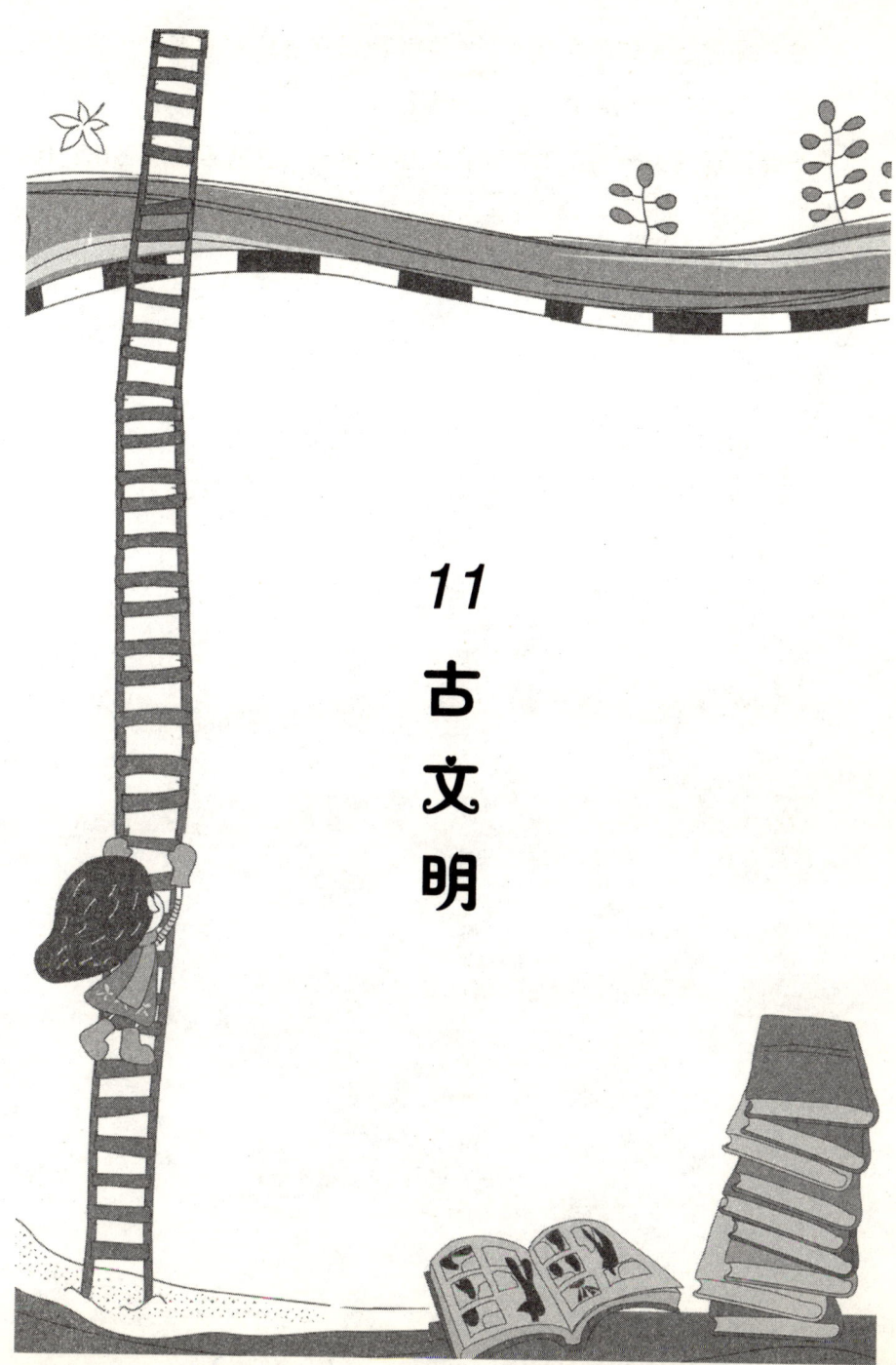

11 古文明

"怎么办？它好像在引我们进去？"淘淘看向伟明。

"我闻到了人类文明的气息。"伟明看的是石梯，以及黑暗中形成的黑洞。

"我不放心，它的眼睛太冷，不会是对我们有敌意吧？"文文轻轻地说，一边还左顾右盼。

"长得那么怪，究竟是什么东西？"胖墩子忐忑不安，思想无法集中思考。

"我觉得它很特别，是一只聪明的怪物，我们要小心了。"伟明似乎已经决定了，"不管我们前进还是后退，很多事都已经改变了，走到底也许更有希望。它引我们去，肯定有原因，我们为何不找出原因，说不定一些不能解决的谜底也一并水落石出。"

"好，勇往直前！"淘淘毫不犹豫就同意了，一只手掏出粉笔，丝线还得省着用。

黑暗被一寸寸变亮，寒气绕身，没有令探险者止步，一开始空气湿

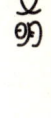

润,有一股霉味,石阶不知走了多少级,湿气淡化,越来越干燥,还有灰尘粒子在空中起舞。

闷热也不能阻止他们的步伐,前方出现了土墙,上下左右全是土疙瘩,没有一块顽石,两边垂下了零零散散的线条状蜘蛛丝。步入这样的空间,感觉热气更重了,狭窄的路面一踩就尘土满天。

一拐弯便进入灰色空间,这里十分空洞,明显是人类的杰作,死气很重,空气里竟然有金铜器具的味道。亮光下,一些古时用具被土层埋了半截,有发黑的摇铃、黑色陶罐、整齐装在兽皮内的箭矢、钝刀黑叉、看不出颜色的青铜剑、结了一层厚土的青铜灯和杂七杂八的小器物。

"人类的味道越来越重了。"伟明轻描淡写,却意有所指。

"这些生活用器说明什么?难道这个洞穴曾是古代都城的遗址?或者说我们所处的位置是墓穴?"淘淘已套上手套,伸手扒出几件已经入土的环佩。

用短刀刮干净泥土,环佩上露出甲骨文,他轻轻抚摸上面镂刻的字体,转过头对同伴说:"五千年前有人生活在这里。"

"这个洞有五千年了?这——"文文有点不敢相信自己的眼睛。

"东西是五千年前的没错,这个洞么?未必。"伟明简明扼要的一句话完全道出淘淘的心思。

胖墩子拾一件藏一件,无处可藏的话就直接往身上绑,浑身已经超负荷,连走路都变艰难了,危机感早被眼前的花花事物消磨光了。

"你干什么?"文文抬眼看到胖墩子的德行,不由啧啧道,"我们是来探险的,不是来找宝的!更不是来找死的!"

胖墩子喘着粗气,好不容易才挺直腰,瞄了她一眼,不紧不慢地说:"你懂什么,这些可是古董,五千年的古董可是很值钱。"

"你敢卖吗？拿回去只能放在家里当摆设，因为贩卖文物可是要蹲大牢的。"文文嗤笑道。

"这是古董，不是文物！"胖墩子急忙声明。

"什么是古董？什么是文物？你区分得开吗？"文文笑着反问他。

"这——"胖墩子哑口无言。

"君子爱财取之有道，不义之财不要也罢。"淘淘突然给胖墩子来了一句文绉绉的劝告。

"好吧。"胖墩子傻笑，卸下繁重的负累。他只是顺着淘淘给他的台阶下罢了，毕竟他不是傻子，冷静下来细想，宝贝再多没命的话都是空谈。

人类遗迹渐渐显露，探险队成员觉察到有暗流涌动，这种感觉愈来愈强烈。

环境的改变，不明动物的骨头，不时传来的嚎叫声，压抑的气息，路途晦暗不明。踏出一方空间后，他们的警戒心骤然提高，眼底的迷雾散开，呈惊叹状。

花岗石密集成墙，两根圆柱顶天立地，这里的"天"指洞顶，中间形成一扇古老而壮观的拱形门，一座石桥与门相连，桥长横跨南北，末端抵在石壁上。石桥下砌成几十个拱门，门门相辅相成，立地撑桥。

石桥东面十分开阔，方圆一里筑满四四方方的水池；石桥西面一方平地，架设着大型器物。

岁月的痕迹使得墙体斑驳，如同落魄书生尽管身着粗布衣裳，但脑子里学富五车。因此外表虽然不堪，这座巨大的建筑着实牢固，没有一点破损。

爬到水池上环顾，四个人骇然之色溢于言表。

池中竟然盛满了毒气，每个池都有，米黄色的毒气中隐约可见闪闪

洞穴玄机之被遗弃的外星人

发光的丝线。毒气在池中很安分，没有摇摆不定，更没有飘出来，神乎其神地守着自己的"领土"。

"快点下去！"伟明惊叫，两手拉起最近的文文和胖墩子跳离水池。

淘淘在他的喝声下跳得不比他慢，脚跟还没站稳，伟明慌张的话音又起："快跑！毒气溢出来了！"

"跑哪去呀？"胖墩子不知所措的样子。

"返回！"伟明拼了命地大叫，害怕他们听不见似的。

四个人就这样夺路奔逃，身后米黄色毒气如硝烟冲天，全线压过来，涌向各个角落，不留一丝空隙。

"不行，我们得马上用氧气罩，毒气的速度太快了。"淘淘回了一次头。

"氧气瓶够用吗？"文文焦急地问。

"只有两瓶，大家节省用，离开这里应该就没事了。"伟明揪下背包，取出一瓶氧气，大小同热水瓶一样。

淘淘也掏出一瓶氧气来，边跑边说："文文你和谁共用？"

"和你吧。"文文说。

"憋气，毒气来了！"伟明吸了一口氧气，忙把氧气罩递给胖墩子。

毒气漫过身体四肢，从头顶飘过，憋气的人满脸通红，扣上氧气罩的人也是脸色难看。四个人几乎同时不敢动弹半分，目光灼灼，担心毒气对皮肤有害。

一刻钟过后。

毒气漫空，久久不散。

四个人没被毒气侵害到，只是憋得特别辛苦。

"刚才怎么回事？"文文说，一只手压紧氧气罩。

伟明取走氧气罩，边吸气边说："池中有丝，恐怕是某种东西生活在里面，毒气也是它们产的。原本好好的毒气为何跑出来，恐怕也是我们大意造成的，我们不该爬上去，我想是我们踩断或无意间扯断一根丝或两根丝，也可能是几十根丝，产毒的东西把毒放出来，这是一种自我保护的行为吧。"

"丝好像会发光，我们爬上去时没看到有丝在墙头呀。"淘淘探手拿到氧气罩，扣上时就把疑问说出来。

"那东西连会发光的丝都会吐，不发光的丝应该也会，我们碰到了不发光的丝。"伟明后一句是肯定句，他举手拂过衣角，手指便粘上一根白色细丝。

同伴看着他的手，彼此对望几眼。

淘淘望向建筑，沉思了一会儿，"如此缜密的建筑，让我联想到捕杀，恐怕那是机关，否则规模为何如此庞大，我可不会相信这里是毒气集中营。"

伟明眼睛紧眯了一下，"上墙，到对面看看。"

文文和胖墩子有些不情愿，他们看了看氧气瓶，用眼神示意：氧气好像不够用。

伟明怎会不明白，他叹口气，语气却坚定，"都来到这里了，我不想留下遗憾，淘淘你去吗？"

"当然。"淘淘拍拍胸口，表示自己什么都不怕。

伟明和淘淘爬上水池，身后两个不甘心寂寞的尾巴还是跟来了。

毒气依然在飘荡，池里的生物还是看不清。他们也不会去招惹它们，只管小心翼翼走在墙头。

从石桥的拱洞下穿过，他们再次很吃惊。

一套巨大的编钟垂挂有空中，大大小小的钟有几百个，个个巧夺天工，精致异常，钟面上布满奇特的符号，看似异常古老，恐怕有上千年

的历史。

这难道又是机关？有了前车之鉴，四个人不敢贸然前进。

胖墩子越看越兴奋，喜得两只小眼睛贼亮贼亮的，并且滴溜溜打转，说话都像在唱歌，"这套编钟真是宝贝啊，比起之前看到的古代生活用器，简直一个天上一个地下，或是小巫见大巫，不知道这套宝贝值多少钱——价值连城，似乎低估了，嗯，无价之宝，不可估量还差不多……"

"有命回去再考虑收藏吧。"文文没好气地瞪他。

淘淘和伟明目光交汇，心领神会，他们从背包里取出棉花，塞进耳朵里。

文文和胖墩子见状，赶忙学着他们塞棉花。

伟明执起弩，眼波一如瀚海，星光璀璨般闪了几下。

箭离弦，精准地射向最大一个编钟。

顿时，轰隆巨响，几百个编钟乱作一团，一前一后摇摆，魔音喷薄而出，音域宽广，仿佛雷声不断从天空滚过，倾盆大雨"噼里啪啦"敲在铁皮上，千万块玻璃同时掷向水泥地，飓风呼啸着在海上推波助澜。

尽管他们连手都用上了，耳朵还是不断有嗡鸣声，那种震撼连眼睛都看到了，宛如海啸就在眼前。

仅有的一点血色已经全部褪去，四个人形如愚木——震呆了，嘴唇也在发白，好像覆了一层寒霜。

12 机关重重

仿佛时间被定格,他们不记得过去了多久,耳边的魔音终于退去,隐入寂寞的海洋里。

"快上桥!从那扇巨门出去,氧气快用光了!"

不知谁喊了一句,声音已经变调,甚至低哑。

好像没有上石桥的路,爬石壁上去的话也不行,石壁非常光滑,不知被什么东西打磨得如同溜冰场一样,一上手就滑,堪比泥鳅在手。

四个人焦急万分,冷汗直下,四周的毒气步步紧逼。

魔音过后万籁俱寂,现在可听到他们到处乱跑的声音。

伟明看看手上的弩,一计上来,叫淘淘取出钩索,把钩索系在箭端射出去,钩索便卡在石桥护栏上。

胖墩子和淘淘两人带着氧气瓶爬上去,然后桥下没法吸氧气的人就以逸待劳,让桥上的人用绳子拽他们上去。

由于拉人费时费力,氧气很快就消耗光了。

四个人艰难地向巨门奔跑,如果没有背包也许他们可以跑得更快,但是背包不能扔,包里许多救命工具。

洞穴玄机之被遗弃的外星人

毒气并没有减弱，并且随时入侵他们的口鼻。

坚持！他们在心里不断鼓励自己，每个人都汗流浃背。

文文和伟明忍得住，虽然上桥时没用什么力气，可是也没有再吸上一口氧气。因为氧气在他们上桥时刚好空了。

他们的脸已经由红转青再转白，眼睛也红彤彤，血丝暴露，眉头皱得可以夹死一只苍蝇。

胖墩子跑在前面，已经顾不上别人了。这家伙还是比较自私的。

淘淘后退了几步，一手拉一个，准备帮伟明和文文。

伟明看他也是一脸苍白，轻轻拨开他的手，指指文文。

淘淘和文文正在犹豫间，伟明竟奋力推了他们一把。

淘淘不敢怠慢，急急拖住文文继续跑。

文文回眸一望，眼眶湿润了。

伟明现在已经跑不动了，步履维艰，仿佛腿上绑着沙袋。

再憋下去会不会死？好像已经到了极限，无力再憋住气息了，他的意识陷入一团泥潭里，好像连身体也变得软绵绵。

步子有点晃，有点乱，心跳还有点紊乱，身体在向一旁倾斜，抬眼想再看一眼朋友们，可是怎么努力，眼睛都只能眯着，视力似乎弱了许多，无法看清楚，连几公分的距离都在变幻，重叠成无数道影子。

终于，他无力再举步，眼睛除了一团白，便是一团黑，身体好像不受控制，一点一点软下去，一点一点倒下去。

淘淘……你们要活下去！

好像把心里想的说出去了，毒气似乎钻进来了，似乎侵入了四肢百骸，似乎……

一道清风拂过，淘淘折了回来，眼泪在他眼底奔流不息，却不能开口。

他背起伟明向前奋进，越来越近前方的巨门，却又似乎遥不可及，

犹如海市蜃楼，眼看就在面前，向前探手时它已经远了。

淘淘虽然努力，可是他也到了忍耐性的极端。他把文文交给胖墩子，便不顾一切地返回伟明身边，因为伟明一步三晃的架势已经把他吓住了，可是他还是晚了一步，伟明还是倒地了。

难道自己也要倒下了？不！不能就此认输！他不甘心，他要坚强，更要坚持下去。

视线里，胖墩子和文文已经越过巨门，不知身在何处，连影子都找不着。

一步，两步，三步……

已经到了用数数来前进，每数一步似乎离死亡就越近，该死！怎么可以有这样的念头。

天哪！我在重蹈伟明的覆辙，步子晃了！该死！不许晃，他再次强制自己走稳每一步。

天哪！我的眼睛花了！该死！不许花，他再次强迫自己睁大眼睛别瞇上了。

天哪！思维开始一点点变空！该死！不许空，他再次要求自己想事情。

胸膛里似乎没有空气了，心跳似乎一突一停，停顿的趋势变得明显，一次长过一次。

难道——要死了？原来死亡可以离得很近，它就近在眼前！

这是淘淘最后一缕思维，接着身体一晃，伟明从他背上滑过，"砰"的一声落地。

明明已经歪倒，为何脚下忽然一空，身体变得轻盈，似乎在飞，前胸有点湿，并且很热，耳边有踏步声，又急又快那一种。

不知过了多久。

声音——不大不小，老在耳边盘旋不去，好像老是两个字不断重

复：淘淘。

好像有人在捶胸顿足，心脏闷痛，有人在捶我的胸，那谁在顿足呢？

"咳——"好难听的声音！

睁开眼才发现那是淘淘自己发出的，眼前有两个人睁着大而亮的眼睛不停地打量他，他们眼中有喜悦的光，还有盈盈泪水。

"淘淘，你终于活了！吓死我了，你知道我们有多急吗？"文文不顾一切就拥抱着他。

淘淘恍然大悟，彻底从梦里挣脱，他大叫着，又惊又急，"伟明呢？快去救伟明！伟明——"

"伟明在这里。"胖墩子指向他身后。

伟明就平躺在淘淘身后，很安详，但他的面色很难看，像死去了一样。

淘淘心里七上八下，觉得心脏都快要跳出胸膛了，说话也变得气若游丝，"他死了？"

"没死，但是——"胖墩子精神委靡，"他中毒了！"

中毒？淘淘猛然坐起来，这里没有毒气，可以自由呼吸，他刚刚发现，一颗心渐渐沉入冰窟里，伟明中毒了！

"淘淘，你为了不吸到毒气差点憋死了，你知道吗？我们又是做人工呼吸，又是捶胸，你才活过来了，现在不许垂头丧气！"文文见他表情非常低落，不得不说两句。

"这里是巨门外围，我和文文得到呼吸后就救你们了，你的样子最吓人了，真的跟死人没两样。伟明因为呼吸了，所以没死成，反而中毒了。"胖墩子说这些时依然心有余悸，面色在青和白之间转变。

淘淘望一眼远处的巨门，回头看着伟明，沉着声音说："难道有人来过？五千年前的人类有能力创造出如此精妙如此宏伟的机关吗？"

"差一点就死了,我可没心情再去研究什么机关。"胖墩子赶紧推脱责任。

"我们没法回了,毒气一直没散。"文文低下眼眸。

淘淘探探伟明的鼻息,手搭在他的胸口,低低地说:"气息平和,心脏正常,不知这毒会让人变成什么样子?"

文文发出低泣声,泪眼蒙蒙,"伟明总是为别人着想,太傻了。"

三个人各有所思,一直呆呆地望着伟明。

一个小时后。

"醒了,他醒了!"文文最先兴奋地叫起来。

淘淘急忙甩掉连绵不断的思绪,靠向伟明。

胖墩子也凑得很近,眼巴巴地盯着他。

伟明刚睁眼就有三张脸在面前放大,一时怔住,他眨巴几下眼睛,恢复清澈明亮。

"怎么样?身体有没有感到不适?"淘淘急不可耐,一脸担忧地问。

"你们,你们是谁?"伟明轻轻皱起眉,目光在他们三个人脸上来回看。

淘淘、文文和胖墩子同时跳起来,火烧屁股般急急后退,一副大受打击的样子。

"你仔细看看我们,我们是谁?"文文轻言细语,小心翼翼,眼中的恐惧完全掩不住。

伟明站起来,动作缓慢,目光澄澈如水,暖暖的笑容,暖暖的声音:"淘淘,你没事太好了。"

三个人同时瞪大双眼,齐声说道:"你骗我们!"

"看,你们变精神了,这一招还真管用。"伟明浅笑。

三个人同时一怔。

淘淘举步向前,盯着他上下打量,"你有没有觉得身体不舒服?你

中毒了。"

伟明转过身，把背对着他们，话音很小却字字清晰："不知道耶敏在哪里？"

淘淘听得最清楚，不由心中一颤。身后两人只听得模糊的几个字。

文文也蹲到他身旁细看，毫不掩饰的担心，"伟明，快跟我们说清楚，你哪里不适？"

伟明弯腰提起背包，正好掩住他复杂的神色，"前面的路还很长，我死不了，也不是那么容易就会死的。"起身时，他露出一个灿烂的笑容。

淘淘、文文和胖墩子终于不再纠缠这个话题，把心中的不安藏起来。

伟明不再看他们，穿越黑暗，走向另一片空间。他没有把事实说出来，心中似乎有一团小小的火苗，火苗有蔓延的趋势，一点点渗入骨髓，钻出皮肤。不知道这毒会造成什么伤害，他没有考虑那么多，因为事实已经这样了，再怎么做也很难改变事实，不如放松自己，也能让同伴放轻松。

"你没事吧？"淘淘一直在悄悄注意他，他不时擦汗的动作让人担心，而且他的脸蛋有点红。

"没事。"伟明简单回应。

"是不是毒性发作了？"淘淘已经在他耳边小声说话。

伟明的眼睛变得深邃，看得淘淘备感不舒服，很快他收回目光，找了一个借口说，"可能有点感冒了，不是什么大事。"

淘淘看看前面两人，再看看伟明，低下头深思。

"别想了，走吧。"伟明拉了他一把，一双瞳眸微缩，痛苦的神色钻进眼底，却无法止住颤抖的睫毛。

13 水晶棺材

钻出一条悠长的曲径，黑暗被光明取代，没有太阳炙热的光辉，唯有淡淡的月光，如水又如霜。这光来源于头顶那片碧蓝，似有薄云轻点其间，一刹那会让人有错觉，以为那是蓝天白云。碧蓝的范围有限，约一个足球场大。

从地面到石壁，缀满发光的细菌，星星点点的光芒令人目不暇接，眼花缭乱。

人类置身其中，身上被这些光芒映得朦胧，勾勒出一圈圈淡淡的光晕，看似那么飘渺。

"好美！"文文踏在发光的细菌上面，踩到的细菌会立刻熄了光亮，待她的脚步移开，光亮重现。

这种发光细菌不会逃跑，好像就此粘在地面和石壁，与其成了一体，永不分离。

胖墩子也在注视着发光细菌的妙处。

淘淘关注的地方是头顶——那片碧蓝。

洞穴玄机之被遗弃的外星人

"我们撞进了死角，没路了。"他的目光专注着碧蓝。

"不见得，头顶便是路。"伟明一双明亮的眼睛好像可以看穿别人的心事，待同伴反应过来，他又说，"那是云母，一种薄如冰的蓝云母。"

"那我们上去看看。"淘淘迫不及待地说。

"慢！一切小心行事。那只雪人引我们走这条路，恐怕没那么简单，先前遭遇的毒气和编钟就是最好的证明。"伟明再次提醒同伴。

"你是不是有什么主意？"文文问。

"我有。"淘淘已经取出弩，他示意同伴退后，在箭端系了一条长长的红绳。

"嗖"的一声过后，箭入蓝云母，一阵清脆的声音"劈劈啪啪"乱响，蓝云母出现裂缝，没有马上破碎落地。

淘淘走过去抓住垂下来的红绳，就势一拉，身形迅速向后退。

"哗啦啦"的声响有点刺耳，蓝云母便碎了一地。

头顶还有一层，白如雪亮如冰，唯有寒光不变。

"白云母。"伟明脱口而出。

四个人都顿住了，不是因为白云母，而是白云母上面托着一样东西，因为隔着白云母，朦胧可见一个椭圆形的物体，物体里面平躺着一个人，那人正面朝下，身着锦绣装，牡丹花瓣点缀，金丝滚边，隐约可见的图案大气又不失典雅，腰缠金黄色绸缎，环佩精巧，下摆长至脚尖，脚穿面料华丽的绣花鞋。

看样子是个少女，身长不过一米六，一身华服明显是古代装束，可惜她长什么样子看不清楚，好像脸上蒙着一层轻纱，无法细辨。

能看到这么多已经不错了，如果拆掉那一层白云母，应该可以看得更清楚。

"喂——"胖墩子的尾音还没发音完全就被伟明捂住了嘴，他的声音很轻："不能大声说话，否则那层白云母会被震落的。"

文文感到不可思议，更是无法理解，"那明明是个人，好像死了，又不像，似乎只是睡着了。"

淘淘看得津津有味，"看身段应该是个美少女。"

"她为什么穿成那个样子？"伟明奇怪少女的着装。

"把她弄下来不就知道了？"胖墩子倒是想得简单。

"你们有没有觉得她的服装好像在哪里见过？"文文苦思冥想却一点头绪都没有，总觉得那套精致的华服眼熟得很。

一个悠长的声音响起，空旷如清早远山寺庙的晨钟，"仕女图！"

淘淘、文文和胖墩子同时转身面向说话人——伟明，看着他的眼睛脸露诧异之色。

他接下来说的话让文文的思路逐渐清晰，"我在博物馆里见过，陈列品有仕女图，记忆告诉我她的着装款式来自唐朝。"

"对，唐服！"文文想起来了。

"唐朝？"

淘淘和胖墩子惊得下巴差点掉下来。

文文也意识到这个问题的重要性，视线有点滞留，"你说她是唐朝人？"

"如果她一身华服货真价实，恐怕离事实不远了，但是——"淘淘把疑点提出来，"有可能吗？唐朝离现在约有一千四百年，如果她真是

洞穴玄机之被遗弃的外星人

古人,为什么会在这里?"

伟明一直垂着眼眸掩饰自己的情绪,突然,他的双眼忽地亮起来,眼底徘徊着不安定的因子,"安静!"

静谧的气氛变得动荡不安,远处传来"轰隆"声似海水呼啸,撞击声似山崩地裂,水流声似万马奔腾。

四个人气色大变。

淘淘最先惊醒过来,他指着洞口一块凹下去的石板,发声时差点五音不全,可见他完全慌乱了。"果然,果然,我们踩上机关了,我就知道没这么简单,原来——洪水来了!"

话音刚落,巨响和水流铺天盖地袭来。

四个人在水中沉沦,努力向上凫水,这一场突来之祸把他们震得晕头转向。

哗啦——

又一声响,白云母支离破碎,空中落下一个水晶棺材,砸得水花四溅,浪花翻腾,棺内正是那个穿唐装的少女。

四个人还未看清水晶棺材,一个回旋的浪头就把他们送到了洞外,把水晶棺材也一并卷走了。

他们感觉身体被水流缠得很紧,而且水位在上升,浪潮高高拍向四面八方,拍打着长长的结晶体,击碎脆弱的石块,涌向无边的黑暗。

四个人都奋力向上浮水,每个人都憋着一口气。

伟明在水中挣扎得最厉害,不是他的水性差,而是毒气在体内的影响越来越明显了。有虫噬骨的疼痛,烈火焚身的苦痛,撕心裂肺的惨痛,这种让人难以忍受的人间至痛早已令他"体无完肤"。

他疼得几乎晕过去,想呼吸却什么都无法吐出,更无法吸进来,原来这每种痛都可以令人窒息,仿佛脆弱的喉咙被无形的双手紧紧扼住。

一个身影在眼前停留,是淘淘。

他拖住伟明向上划水。伟明也紧紧揪住他的衣角,牙关紧咬,忍受剧痛。

哗啦!

两人同时出水,近处还有两个脑袋,是文文和胖墩子,他们还是惊魂未定。

"快点来帮忙,把伟明拖向岸边。"淘淘脸上写满慌乱、急促。

"他怎么了?"文文扑身过来。

三个人把伟明拉上了岸,让他平躺在一块平坦的岩石上,然后他们几乎手足无措。

不远处的水晶棺材也浮出水面,向黑暗的角落飘去,或者说是顺流而下。

他们全部的精力都投注在伟明身上,完全没有心思看别的地方,连身处何种环境都没有细看。

"他看起来很痛,快给他止痛。"淘淘建议。

一针下去,伟明的痛楚似乎有所缓和,体温却在不断攀升,有着绝望的温度。

文文脸色惊疑未定,"怎么办?如果他伤在外表,我们还能有办法,可是看样子,他伤在体内,我们该怎么办?"说着,她抱头痛哭。

胖墩子傻愣在一旁干着急,他不知该干什么。

"赶快用冷水激,他好像很热。"淘淘握着他的手,感觉热气一浪

洞穴玄机之被遗弃的外星人

高过一浪。

文文和胖墩子就地取材,掏出空壶装满身旁的地下水,一次次浇在伟明身上。

"不好,他晕过去了。"淘淘急忙探伟明的鼻息,听他的心跳,一只手搭在他额头上说,"还好,他只是晕了,气息还有,体温控制住了,不过还是很烫。"

文文和胖墩子终于舒了一口气。

噔噔噔——

空洞的脚步声仿佛来自冥府,由远及近,声声踏在淘淘他们心头。

他们的表情骤然紧张,有人朝这边来了!

14 继续探险

二 张弩顿时被举高，每个人都警惕万分。

四周很黑，除了四只探照灯的光芒彼此交错，不时乱晃。

三只探照灯齐聚一处，照射向深深的洞窟。岩石很黑，纹路深深，洞顶不高，垂着一串串水珠。其实那不是水珠，如一颗颗珍珠串在一起，盈盈闪光，一只身体半透明的虫子攀在珍珠上蠕动，绿豆大的嘴巴里分泌出透明黏液，黏液越聚越大，形成珍珠大小，挂在空中，悬在末端。

这种虫叫洞穴萤火虫，制造"珍珠"是为了扑猎，和蜘蛛丝一个道理，撞上它的陷阱就会被粘住，一般飞蛾和苍蝇都是它的食物。

空气很闷，上千串"珍珠"在空中微微晃动。

淘淘他们的目光高度集中，耳朵专注于靠近的脚步声。

当光线里浮现一团人影，当一张人脸在暗影中显露，当一身又脏又破的衣服逐渐呈现，当脚步声戛然而止，当沉重的呼吸声在石壁间回响……

洞穴玄机之被遗弃的外星人

仿佛眼睛受到刺激,瞳仁不断涨大,他们的呼吸一窒。

"耶敏?"

淘淘空洞的声音好像不是自己发出来的,他太震惊了。

"淘淘——文文——胖墩子——"

好亲切的呼唤,充满了久别重逢的喜悦,也充满了辛酸苦辣,耶敏泪洒一路,急步向他们冲来。

低垂的黏液被撞破、撞断,粘了她一头一脸一身,她都不顾了,只知道向前冲,似乎不这么做,同伴就会消失。

淘淘他们一一奔过去,凌乱的脚步声或长或短。

耶敏扑向距离最近的文文身上,靠在她肩头哭泣,委屈的小脸早已泪流满面。

淘淘和胖墩子默默不语,在一旁审视她狼狈的样子。

"为何如此落魄?"文文轻拍她的背,小声问她。

"你的背包呢?连探照灯都破了?"胖墩子说,他有好多问题要问。

"我明明看到你被封印在雌黄石里,到底发生了什么?你为什么会不见了?为什么耶鹿会那样?"淘淘的疑问比谁都多。

耶敏抬起泪脸,看着他们,嘟起嘴说:"你们问那么多我一时间消化不了,还有,我好饿啊,好想洗一下澡。"

"是我们错了,等你吃饱洗干净我们再谈。"文文一脸愧疚,伸手拉她走到水边。

耶敏停下步伐,回头看向淘淘,"你说……我姐姐怎么了?"

"你不知道?"淘淘惊诧不已。文文和胖墩子只是感到茫然。

耶敏又要问,文文阻止说:"你身上都有味了,先洗澡吧。"

"好吧。"耶敏咽了咽口水,顺便把不安的心绪压住。一眼看到伟

明虚弱的脸色,她不禁忧心不已,"伟明——他怎么了?"

"说来话长,你先洗你的吧。"淘淘说,低下头去,掩住满脸愁绪。

淘淘和胖墩子回到伟明身边照看他,耶敏跳入水中洗澡,文文在一旁帮忙,幸好还有备用衣服穿。

再次出现在面前时,耶敏一张小脸又恢复了生机,不像刚才那般死气沉沉。

她蹲在伟明身边,忧郁的眼神直视他的脸,"我和姐姐原本在欣赏玻璃岩,却不知怎么回事,好像是昏迷了吧,醒来时在另一个洞窟,洞窟顶有密集的水滴在下落,也有稀疏的水滴,地面好多窟窿。我醒时姐姐未醒,刚走两步,一个怪物突然出现在我面前,吓得我都不敢动了,它长得好怪,浑身雪白,却也人模人样,怎么说呢?其实和人有不少区别,比如后脑勺很鼓,手指很长,像竹枝一节一节的,脚趾也不短,还是蹼状。这些还不是重点,关键是这只怪物很厉害,是它把我封印进雌黄石,根本容不得我说话,更别说动一下,我就那样傻乎乎被怪物制住了。"

淘淘、文文和胖墩子完全震住了,她说的怪物不就是那个"雪人"?它会魔法吗?原来"雪人"会封印事物,难道星鼹也是被它封印起来的?

雪人这么做显然是与他们敌对,为什么不给他们来个痛快,一举歼灭他们?这对它来说应该不难,为什么它要引他们走向机关之路?种种谜团说明了什么……

"我也不明白为什么会没死,再次清醒时,我的身体自由了,身在一个漆黑的环境,背包不见了,连探照灯也灭了。一路摸索,不知走了多少路,后来我实在坚持不下去了,又渴又饿又累,只好休息。周围依

然又黑又冷,偶尔有一两个点点弱光。后来我听到哭声,细听下好像还有说话声,虽然我没有千里耳,但是也能分辨出那是同伴的声音。于是我不管不顾就找来了,果然,我还是找到了。"说完,耶敏感慨万千,更多的是心有余悸,与黑暗相伴那么长时间,她学会了坚强。

"你被解印了?恐怕又是雪人干的好事,不明白!"淘淘心烦意乱地说,"会不会有阴谋?总觉得我们被人耍得团团转。"

"不是人,是怪物。"文文强调。

"怪物?雪人?"淘淘把视线从伟明身上转开,看耶敏时多一层深思。

猛然间,他站了起来,声音焦虑不安:"怎么事情这么巧?我们会在这里碰上耶敏,对,我们是被雪人引来此地,那么碰上耶敏便是必然。耶敏不是运气好才偶遇我们,恐怕又是雪人的安排,是他引导耶敏碰上我们,所以——"话锋一转,"耶敏你一路过来有没有觉得什么不妥?"

"一路很安静,很顺畅,我很少跌倒,只是突出的棱角总会刮破我的衣服。快接近你们时,路面好像很软,要是有灯光就好了,我就能看清路面为何软绵绵。"耶敏思索了一番,"我还睡了几次觉,每次都睡得极沉。"

"果然是有心者为之,我们不碰面都难啊。孤身一人我不相信你能睡好,还能睡得极沉,连最起码的警惕性都没有,肯定是雪人用什么方法让你睡长时间,这样我们才能在最恰当的时间碰着面。"淘淘说,脸色在变白。

"我说呢,难怪每次想睡觉时都会闻到一股奇怪的香味,原来——"耶敏的脸色变差。

文文和胖墩子也意识到有什么即将发生，几乎面如土色。

"路面软绵绵？"淘淘再次看向耶敏，"难道——"

这时，远处有爆破声震空响，四个人一惊，把光线投进深洞。地面出现一个个窟窿，周围水渍点点，还有地面鼓起来，如一颗晶莹饱满的露珠，"砰"的一声，"露珠"炸开，水花乱溅，又一个窟窿形成。

"快，快点叫醒伟明。"淘淘在同伴惊愕时大喊一声。

"伟明醒了！"文文喜忧参半的惊呼。

伟明揉着眼皮，吐气吸气，满脸疲惫之色。

"伟明，你怎么样了？"淘淘问，连头都不敢回，高高举着弩。

文文、耶敏和胖墩子也举起了弩，每个人的作战架势都绷得很紧。

伟明从地上爬起来，背包已经被耶敏背着，所以一身轻松。他打开头上的探照灯，调整呼吸，一眼望过去，正好看到一群怪兽出洞，连淘淘的问话都忘记回答了。

这些怪物形似放屁虫，只是巨大无比，黑壳黑翅膀，触角却是红色，屁股上居然有针，长相又丑又毒，它们摇晃着身体，晃去一身水渍，软弱的翅膀在慢慢变硬。

"下水！"淘淘说，心思早已转了几个来回，"看样子它们不会游泳，箭留着，以备不时之需。"

"对不起，是我把它们踩出来的。"耶敏面有愧色地说。

"废话少说，行动！"淘淘大喝一声。

伟明眼中似有光芒，如蜻蜓点水般一闪而过。

"伟明，能潜水吗？"文文不免替他担心。

"我好像好了，身体没有不舒服，应该没事了。"伟明说，笑容淡若浮痕，一显便隐。

淘淘朝伟明点点头，一颗高悬的心总算有所缓解。

扑扑扑……

哗啦啦……

黑色飞虫几乎同时飞起，而探险队成员也在这一刻齐齐跃入水中。

这群飞虫攻击性很强，不时用针扎向水面，害得每个人都不敢靠近水面，只得在水中找出路。

淘淘朝水流方向游去，没多久便找到另一处出口，便折回去叫同伴。

伟明似有犹豫，无奈在水中无法说话，不过，他没有迟疑。

甩掉黑色飞虫，潜进出口，他们从另一端水面露出头来。见四周并无危险，一派祥和的景象，都不由得舒了一口气。

令他们十分高兴的是洞顶有个小圆孔，孔里有一束阳光射进来，给暗沉沉的岩洞添了一份美妙，不仅灿烂了自己，也照耀了别人，让人如沐春风。

这束阳光就像开在幽谷的紫罗兰，被他们宝贝得不得了，似乎世间所有的珍品都不及这一束光辉，尽管它是虚无事物，拿也拿不走。但对于长时间没有见到阳光的人太珍贵了。

喜悦很快被一阵嘈杂的声响冲淡，好似有什么东西撞在岩石上，一次又一次，一声接一声。

伟明的眼眸最先眯起来，黑亮的瞳孔似百转千回，讳莫如深。

15 高危地带

淘淘看了他一眼,心中暗道:看来他真的好了。那毒让人痛得死去活来,他居然能忍过来,恐怕意志薄弱的人早就自杀了,幸好他没事。

文文、耶敏和胖墩子表现得非常敏感,三人挤在一起,害怕又有什么东西冒出来。

"看那!"伟明遥指石壁上一个洞孔。洞孔匍匐着一只怪物——雪人,他的眼睛还是那么大,还是那么幽深,同样星光璀璨。

其他人还没来得及看清楚,雪人就缩进洞里了,而撞击声不断,声声清晰,直入人耳,徘徊于心头。

耶敏的脸色又是一片苍白,浑身瑟瑟缩缩,她害怕那家伙。

其他人也好不到哪里去,神色慌乱。

"追上去看看。"胖墩子的好奇心更胜恐惧。

"不,我们应该回去,人到齐了。"淘淘沉思。

"怎么回?回去的路都是水,这水不仅深而且路途还长,我们又没

有氧气瓶供氧,根本挺不过去。"文文实话实说。

"果然是有来无回,回头路被断了。"淘淘看他们一眼,再次陷入思索中,"雪人要把我们逼向绝境吗?我们该不该追上去?"

伟明曲起两指弹了一下水面,水珠飞开,被阳光折射出七彩光华,恍如落英缤纷。

"我们似乎别无选择,最重要的是大家要团结,绝对不要出现伤亡。"他说得很慢,也很重。

同伴都凝视他,终于,他们重重地点了一下头,一致同意向前行进。

一系列的攀爬探索,从长长的通道里钻出时,眼前豁然开朗。光波在水面重叠,一扇巨大的石门悬在水中,石门基调是黑色,部分间青或间白,门面上还有一排石雕怪兽头,每只石雕兽都有一张狰狞的大嘴,朝天鼻,两只眼怒瞪着。它们还会用嘴巴喷水。

水流从上至下,从石门背面砸下去,又从兽嘴里窜出,几十张嘴同时喷撒,形成一道奇观。

空中一个铁球忽悠晃动,一下下撞击石门,声响如雷贯耳。

周围暴露出几种废弃的机关,一排排生锈的标枪卡在石缝中呼之欲出,一平方米的空间布满叶片状刀刃,斜倒在角落的圆盘和铁块,石壁上还镶有三个巨大的齿轮,三轮相依,唇齿相间,凹凸有致。

探险队成员见此宏大的场面先惊后叹,又从叹息到庆幸,庆幸机关已损坏,无用武之地。

大家不敢随意迈步,眼观六路,耳听八方。

伟明拾起一柄弯刀旁敲侧击,以防暗地里有什么看不见的机关飞

出来。

淘淘也拿出探险家的勇气,举起短刀敲敲地面、岩石或石壁。

胖墩子像做缩头乌龟,一直龟缩在人后。

文文和耶敏既好奇又不敢大胆触碰,瞻前顾后。

"为什么这里这么多机关?是不是有什么重大秘密?"淘淘觉得奇怪。

"确实有问题,假如机关都没坏,这里显然就是一处戒备森严的高危地带,是在防什么呢?还是……"伟明抬头仰望,努力定了定心神。

"高危地带?好可怕啊!"耶敏哆哆嗦嗦地说,"搞得跟战场似的。"

此地阴寒,令人毛骨悚然,冷兵器充斥每个人的感官,连铁锈气味都能闻到,仿佛置身金戈铁马时代,若隐若现的杀气潜伏在刀锋上。

人人不动声色时,这种感觉更加强烈,撞击声扰得人心烦意乱。

"那个怪物——出来!"淘淘突兀的叫声惊得同伴倒吸一口凉气。

"怪物在哪里?"文文慌乱的眼神四处扫射。

"我没看见,所以才叫嘛,我希望雪人怪物能出来面对,不要老是躲躲藏藏。我们总是被动,为什么不采取主动呢?"淘淘压低声音说。

"要是能叫出来,我们就不用被监视了。"胖墩子有感而发地说。

"是的,恐怕雪人还在某处盯着我们呢。"耶敏的声音更细小。

伟明笑了笑,随即眼色一凛,执弩瞄向目标。

一箭下去,脆响如珠落玉盘,前方百米处有一面反光的青色石壁碎成一堆碴子,过程纷乱美丽,淡光飘摇。

片刻,碎渣落地成埃,一个四四方方的洞口呈现出来,金光流泻,耀人眼目。

洞穴玄机之被遗弃的外星人

五个人又是一愣,眼中掩不住的流光溢彩。

"那是青云母吗?"淘淘斜睨一眼伟明,口气显然是肯定的,赞赏也不禁脱口而出,"你的眼力真好!"

"嗯。"伟明发出一个鼻音。

耶敏是个率真性子,早已一个箭步奔入洞里。

"哇——"她的惊叹声响亮,但不刺耳。

洞里堆满了各种矿物:紫水晶、自然铜、柱星叶石、雪片黑耀岩、菱锰矿、彩纹玛瑙等,总计有几百种矿石,这可是一大堆宝。石壁居然是黄金色,金灿灿的,亮得夺目,好像朝阳栖息在洞里,光芒藏都藏不住。

地上缀满了银光闪闪的石子,衬得洞里恍若天堂,如氤氲的山岚中那弯彩虹,美丽得如梦似幻,诱惑着凡人不由自主地移步,不由自主地靠近些,再靠近些。

这个洞不是一般大,堆积的矿物东一堆,西一堆,大一堆,小一堆,高低不一。还有八九个凹槽,槽深三四米,槽口两米多宽,只是凹槽是空的,黑漆漆的,没有一块矿物在其中。

"我发财啦!"胖墩子喜笑颜开,居然发出了鸭叫声,不停地左拥右抱。

"让开,那是我的!"耶敏又变得活力十足,还和胖墩子抢东西,"那个也是我的,我要给姐姐。"

这个粗心的耶敏,提到姐姐她终于想起来了,猛然从矿物堆里跳起来,大叫着:"我姐姐呢?你们之前说耶鹿怎么了?"

文文离她最近,这句话如凉水浇身,眼中的光芒也跟着灭了,"我跟你说吧。"

两个女生坐在一旁说悄悄话。

淘淘和伟明又在参谋些什么，他们抓了几块矿石在手中把玩。

"弄这么多机关是为了防止外人盗矿？怎么感觉这么怪呢？"伟明微微皱起眉，"是谁找来这么多矿物？为什么堆在这里？"

"难解呀！"淘淘走了两步，丢出一块紫水晶，紫水晶落入一个凹槽，他看了两眼说："你认为这些凹槽是干什么用的？还有那几个洞窟？"

"有待考察。"伟明直截了当地挑明。

"一路过来都有机关，这里真是终点吗？虽然表面看是如此。"淘淘说，黑色的瞳孔如旋涡般深不见底，"还有，那个雪人——"

"我在想，"伟明神色肃穆，目光深邃得似要刺进人的心窝里，"我爸爸的死会不会跟雪人有关？如果真是它害死爸爸，我一定饶不了它，誓死也要逮住它！"

这话说得如此决绝，令其他人震惊。

淘淘的眼光暗了下去。

耶敏的心情比任何人都糟糕，刚知道姐姐中毒了，却无能为力。文文说安琪身上的寄生虫可以在那个洞窟里被逼出来，相信耶鹿也能出现奇迹。

文文的话还能给予她安慰和希望，只是她无心赏宝了。

胖墩子还在搜罗中意的矿物，不时用刀子挖石壁、撬地面。他把金光闪闪的石壁当金子，把地面上银光闪闪的石子当银子了。

伟明心中已燃起了刻骨的恨，提起爸爸就会想到爸爸温馨的笑容，

洞穴玄机之被遗弃的外星人

一家人其乐融融,然而幸福如此短暂,爸爸才四十多岁就……他不甘心。

"伟明,你爸爸一定不希望你活得不快乐。"文文走了过来劝道。

爸爸的音容笑貌再一次划过伟明的心,刺痛难忍,犹如一把刀子割在身上。

"我……知道了。"他说。

表里不一的回答令人听了、看了都难受,他的神色、眼眸分明染上了悲凄的苦涩,弥漫着一种"生人勿近"的冷光。

"伟明——"淘淘轻言轻语准备来劝导他,伟明一个手势打断他,示意大家安静。

胖墩子还埋首在矿石堆里乐不可支,其他人也不去管他了。

"听,是不是有什么声音?"伟明轻声问淘淘。

淘淘抿紧唇,端正姿势仔细倾听。文文和耶敏同样聚精会神倾听。

沙沙——

沙——沙沙沙——

声音断断续续,似乎越来越近了,但谁都听不分明,具体位置在哪,人耳难以分辨。

16 火王猫

"探测仪！"伟明的反应还是蛮快。

文文迅速取出探测仪交给他。

伟明开启显示屏，波音显示了方位。他凝神静气，快步朝一个洞窟行去。

果然，洞窟里还别有洞天。一开始他们没发现是因为粗心，现在发现是因为探测仪。

洞窟顶部开了一个口子，口子不小，能容两个人并排进入，因为口子向左折一点也向右曲一些，从地面向上看很难看出那是朝天洞，拐弯的角度十分强悍——波浪式角度，几乎是一种完美的掩饰，可以迷糊人的眼睛。

伟明匍匐前进，身后依次是淘淘、文文、耶敏和胖墩子。

胖墩子因为携带大量矿石，行进时硌得他疼痛不已，于是他挥泪舍弃，一路进一路丢。

"这个不能丢，这个可以丢……"胖墩子边掏矿石边掂量，孰轻孰重还得在心里掂量，心中那杆秤啊，不知道左右摇晃了多少回。

"这颗这么大个，到底扔还是不扔呢？这颗虽然小，不知道和这颗

比,哪个值钱……"他嘀咕个没完。

前面的人——耶敏总听到他的声音有如"嗡嗡声"不时萦绕在耳畔,烦得她直想伸长腿踹他。

"你有完没完?全部扔了不就得了!"她闷哼一声。匍匐的姿势还在继续,前方的路途不知有多远,感觉满脸都是土。

"开什么玩笑,扔你也不能扔我的矿石呀!"胖墩子一张利嘴很强势。

"那扔你好了,一了百了!"耶敏气极,故意蹬了两脚,黑泥土立马扑向胖墩子。

"咳咳……"胖墩子吃了土,呛得满脸胀成酱紫色。

"你们别吵了!"

前头传来伟明的警告声。

沙沙声不断,在探测仪里显示的距离有些近了。

"好闷!"文文嘟囔道。

长时间在狭小的空间匍匐行进,空气稀薄不说,尘土还多,吸口气都会呛着。

"忍着点,很快就能出去了。"淘淘安抚了一句。

伟明握着探测仪突然停止移动,眼中积起暗沉的光。

"怎么了?"淘淘警觉到不祥的东西。

"仪器里多了一种声音。"声音里不起波澜,却在听者的心里掀起了惊涛骇浪。

"是近是远?"淘淘的声音里透着紧张。

"比沙沙声近,朝我们这里来了!"这一次伟明握紧了拳头,他也不安了,"你们撤后些。"

最后一句是命令。

"文文、耶敏、胖墩子,你们后退!"淘淘也是一句命令。

"出什么事了?"文文问。她没听清楚淘淘和伟明说什么,她身后的人更听不清了。

"退后！"淘淘心急之下蹬了一脚。

文文匆忙捂口鼻，闷叫一声："耶敏后撤，叫胖墩子快点后撤。"

伟明也不再多说废话，只给淘淘一句忠告："来者不善，你若没有做好准备，最好退走！"

"明白。"淘淘边掏武器边说，"你侧一下身，给个炮眼，攻其不备。"

伟明立刻侧身撑地，留下一方空间让淘淘有机会插进来。他一只手备好弩，另一只手收好探测仪，拔出别在腰间的尖刀。

淘淘取出喷枪看了看，还剩下半瓶，他朝前递去，"先用这个比较保险。"

伟明斜瞥一眼，眼睛一眯道，"收起来！"

"有什么不对吗？"淘淘反倒笨了。

伟明似笑非笑，"喷枪无法一击毙命，这种刺激药水最容易让怪物暴跳，万一它把洞顶震塌了，我们岂不是全完蛋了。"

淘淘狠狠地拍一下脑门，"我这笨的，还是你想得周全。"

"如果你能给对方射一针，我就比较赞成。"伟明补充说。

"麻醉剂？"淘淘询问的眼神。

"当然。"伟明目视前方，"我的麻醉剂在包里不好拿。"

"我的麻醉剂好拿，在侧兜。"淘淘摸摸背包侧兜，很快拿到麻醉剂，"你要不要？"

"不要管我，尽量把分量用足，我们必须一击必中。"伟明发了狠话。

时间静逝，不远处传来低吼声。

吼声似狮吼，威猛十足。

这一声下马威还真厉害，淘淘连冷汗都淌出来了。

伟明貌似镇定，眉头微皱泄露了他的心情，不紧张就是圣人了。

最先映入眼帘的是滚滚灰尘，对方来势汹汹，踏尘袭来。

嗖——

洞穴玄机之被遗弃的外星人

伟明没有看清对方就着急出手了,他也无奈啊。

意料之外,敌手居然没有中招,因为惨叫没有如预期般叫出来。

"糟糕!"伟明心跳错乱,他居然失手了!

"为什么只装一支箭?"淘淘心急如火。

"只剩一支箭。"伟明回答倒干脆。

"给你。"淘淘把手中的弩给他,弩上装了五箭,"你的空弩给我。"

彼此交换刚过,一个小脑袋从尘土中露出来,模糊中只有两只眼睛十分显眼,亮晶晶的,比狼眼还要森冷,如两汪寒潭。

再近些,他们便看清了这个小家伙。

"猫!"淘淘说完,急忙捂口鼻挡住尘土。

更近些,他们立马否认它是"猫"。它是长得像猫,和猫一样的体态,玲珑娇小,机警灵敏,额头顶了一个"王"字。"王"字由白毛组成,全身火红色,身上无一根杂毛,脚掌却是金色,利爪伸得很长,皮肉被它的爪子抓一下绝对会血肉模糊。

嗷——

火王猫一看就不是好惹的主,叫得比刚才更凶猛。

伟明只觉得耳朵一震,手指已经反射性开弩射箭。

一声闷叫,火王猫一只爪子被箭刺穿,它居然躲过了另四只箭,可见敏捷程度多高。

伟明不敢小窥敌手,"快点把麻醉针给我!"

淘淘抹了一把冷汗,他的手颤抖,早对自己没信心了,神射手都没能制服火王猫,他不可能有戏。

火王猫瘸着一只脚趔趄了半步,身形一晃,再次快速飞蹿而来。

"嘣!"伟明把尖刀和麻醉针一齐拉上弦,一滴汗从额头滑下来。

淘淘几乎不敢正视,火王猫太猛了,一副志在必得的攻势。

怎么办?如果手术台上伟明是主刀大夫,他想当副手,而不是递刀擦汗的护士,可是他刚刚干的活确实是递工具的帮手。

伟明又出手了,令人大跌眼镜的是,在如此窄的空间,火王猫如蛟

龙出海，身形灵活多变，在空中滑行如鱼得水，脚步稳如泰山。脚伤只是一开始有所影响，现在好像无碍了。

原来爪上的箭被它咬断了，伤口并没有出多少血。

果然不是一只普通的动物。

"又失手了！"淘淘惨叫。

伟明几乎心灰意冷，双手第一次在战斗中抖动。

尖刀和麻醉针斜斜插在黑色泥层里，火王猫两眼放光，在泥土壁上一攀一越，翻身倒挺，一个"筋斗"，俯冲过来，两眼对上伟明的眸子，刹那间仿佛有十万伏特的电流在空气里"嗤嗤"地流淌。

伟明全身紧绷，出手如电，以身肉搏。

火王猫闪过一拳，利爪前伸，锋芒乍现。

眼见锋利的爪牙就要触及伟明脸颊，一只手臂突如其来，穿过爪牙间，一支针头在眼前闪亮，迅速入肉。

吱——

也不知是注射的声音还是皮肉撕扯的声音，也许是两种声音交叠在一起，可见同一时刻来得如此及时，空气中竟然有一瞬间的凝滞。

伟明目光一低，只觉得片片红花染红了双眼，开放在手上、泥层上，在手臂上透出一大摊红。

定睛细看，被抓伤的不是自己的手臂，竟是淘淘的！他在关键时刻伸手用自己备的第二支麻醉针刺入猫肚子。幸好他没听伟明的话，自作主张分成两针。

火王猫半途落地，爬起来时，身形一颠，勉强转身，落荒而逃。

看到火王猫消失不见，淘淘缩回流血不止的手臂，苦笑道："果然是分量不足，无法一击倒地。"

伟明看着他，眼睛清澈如溪水，似有温情涓涓流淌，"这就是不听话的后果。"

两个对望一眼，同时傻笑。

"哎哟，痛死我了！"淘淘疼得眉头揪成一条直线，五官都皱成一

洞穴玄机之被遗弃的外星人

团了。

伟明忍住笑，不慌不忙给他清洗伤口，然后上药包扎。

"要不要上担架拖着你走？"他开玩笑说，想让淘淘轻松一下。

淘淘做出一副高傲的姿势，"男子汉流血不流泪，这点小伤不算什么。"

文文刚好赶到，听到淘淘的豪言壮语，紧张地问："谁受伤了？"

"没事。"淘淘不想在这个话题上喋喋不休。

"耶敏和胖墩子呢？"伟明问。

"在我身后。"文文显得不好意思，"我们好像退得太远了，连刚才发生了什么都不知道，真是的……对不起哦。"

"你刚才的叫声好凄惨啊，不会缺胳膊断腿吧？"耶敏的叫声传过来已变得有点细小了。

"关心是好事，不过咒人就不好了。"淘淘假装生气，口气不善的样子。

耶敏听闻，很想大笑，只怕尘土入口，"你就装吧！"

"看来演戏我没天分。"淘淘唉声叹气，这次可是真的叹息自己为啥无缘影视圈。

伟明最具职业精神，虽然探险不是他的职业。他的视线已停留在探测仪上。

"沙沙声变远了，继续追！"

五个人又开始艰难奋进，似乎又过了五百码的"管道"。

风声徐缓吹过，那么细小，可是却有如天籁般在他们耳中形成巨大轰鸣。

浑浊得令人窒息的空气转瞬间清新，眼界在下一刻大放光明。

这又是哪里？

17 雪人的反应

  钻出"长管子",脚踩一方土地。无数的花苞和绿芽争先恐后地冒出来,似在瞬间就换了新装,一眼望去,铺天盖地满是沁人心脾的绿意,各种野花都如潜藏在草间、枝头、路边、树下的调皮精灵,不约而同地都舒展开美丽的身姿,每一朵花都倾国倾城,那般地惹人怜爱、疼惜。

  静谧安逸的夏夜,这些临渊怒放的奇花,以及那醉人的芬芳,早已叫人忘却疲惫,忘却烦忧,只有满心惬意。

  头顶一片天,黑幕上闪着几点星光,月亮已隐藏进云层,不知和哪颗星约会去了。

  地处深渊,层出不穷的迷宫溶洞、石窟、洞窟环绕于这一方天地。

  "天!我们看到天了!呼吸到外面的空气了!"

  五个人欢呼、跳跃、转圈,到处奔跑,兴奋之情溢于言表。尽管这里还属于洞穴范围,但是这里可以看到天。尽管他们的视野如井底之蛙,但是大自然的青草香实在太受用,让人百闻不厌,百看不厌,加上

洞穴玄机之被遗弃的外星人

花香,犹如美酒加香槟,美到骨子里。

小小的虫子,在夜色中闪烁着迷人的光芒,梦幻耀眼,像一个个打着灯笼夜游的小精灵。星星点点,仿佛有一张串了宝石的网笼罩着一个浑身散发光芒的圆形物体——水晶棺材。

白如雪的人儿两手紧紧扒着水晶棺材不放,一双眸子燃烧着一把残酷的火焰,闪烁着诡异的光芒,添了几分幽冥魔物般的优雅。它身旁倚着一只火红色的小东西,头顶"王"字。

小东西看起来很累,两眼没了凶狠,变得水汪汪,貌似可爱小花猫。

伟明、淘淘、文文、耶敏和胖墩子也看到了它们,五个人如同中了邪,集体石化,笑脸瞬间产生了龟裂。

细看下,雪人其实并不干净,身上染了一层尘土,两脚很多泥,还沾了一些草屑。

火王猫也提起了精神,锐利的目光比刀剑还可怕,像是在远处就可以轻易置人于死地。它的脚伤倒是奇迹般好了,不知是谁的功劳,好像和雪人分不开。

水晶棺材也蒙了一层黑色尘土,露珠微显,紫色花瓣落在上面,水晶光芒依然在绽放,棺内的人就看不清楚了,仿佛雾里看花。

"那是——"淘淘指向水晶棺材,视线在雪人和火王猫身上游移。显然,其他人也认出了水晶棺材,里面不是躺着一个少女吗?

雪人那双眼睛一扫过来,可比腊月的风更冷啊!他好像对淘淘的举止十分警惕,充满了敌意。

难道我不该指着水晶棺材?淘淘感觉到雪人身上有一股压抑不住的

杀气扑面而来，神色不由一慌，急忙缩回手。

"莫非'沙沙'声是雪人拖着水晶棺材发出来的？他身旁那只像猫不像猫的动物——"文文把猜想都说出来了。

"我看是这样，为了阻止我们赶上他的步伐，他派那只火王猫对付我们。"淘淘没敢说大声，似乎怕惊动雪人和火王猫，它们的模样危险得让他心中警钟大响。

"不明白，他做这么多，一步一步把我们引来这里，到底有什么目的？"这是一个令伟明头疼的问题。

"喂，我爸爸的死是不是跟你有关？"他正色道，脸上也是肃杀之气。

雪人的唇仍像是蚌壳般抿得紧紧的，火王猫已逐步向前，作为一只"护卫"朝人类张牙舞爪以示警告：勿近！否则杀无赦。

"那怪物听不懂。"胖墩子在人后探头说。

淘淘凝望它们，唇上染了一抹若有所思的笑，"伟明，我想有一点你想错了，它并不想把我们引来此地，否则也不会叫那只怪猫袭击我们。"

"你的意思是——"伟明对他意味不明的笑猜不透。

淘淘把目光驻留在水晶棺材上，雪人的反应立刻强烈无比，阴郁的瞳眸如无底深渊般又黑又冷，着实吓了他一大跳。

"你不觉得它十分在意水晶棺材？"淘淘不看任何人，眼睛里有了某种肯定的光辉，"恐怕它并不想让我们去机关重地，即堆满矿物那里，它从小洞口冒出来引我们跟上它的步伐，应该是为了吸引我们的注意力。"

139

洞穴玄机之被遗弃的外星人

伟明紧抿的唇线终于松开，露出一副了然的笑，"一路尽是机关险境，到达最关键的地方却是死机关。它不可能这么快的就轻易放过我们，说明它引我们注意的目的是水晶棺材，如果当时不是那束阳光吸走我们的目光，恐怕我们就会发现附近有一样东西——水晶棺材。"

"是的，当时水晶棺材一定在我们附近。假如没有它引走我们，也许我们现在会在另一处充满机关的地方，洞里肯定不止一条路，说不定机关也在，只差我们去触碰了。"淘淘的神色变得严肃起来，"水晶棺材一定是从水路弄上来的，这也就解释了机关重地和矿物洞里为何有水渍。"

"怪物想带走水晶棺材？"耶敏问，脑子里还是有点迷糊。

"既然它这么熟悉洞穴，为何偏偏要在'大水冲了龙王庙'才想着带走水晶棺材？假如水晶棺材不从白云母层掉下来，它是不是就不去动了？"文文也把疑惑一股脑儿倒出来。

"八九不离十，恐怕水晶棺材在白云母层待很久了。"淘淘说，目光移到雪人身上，仿佛要把这家伙看穿看透。

"看来这洞穴还真的是人迹罕至，我们是第一批触碰机关的？那水势太厉害了。"胖墩子至今还一副惊魂未定状。

"那只怪物想害死我们，我们不能放过它！"耶敏虽然畏惧雪人，话还是敢说的。

五个人还在窃窃私语。

见他们没有出手攻击，雪人眼中的敌意慢慢消退，双手抱起水晶棺材继续拖着走。它的手好像有吸盘一般，水晶棺被双手牢牢锁住。

它的忠实护卫火王猫没有离开，站在原地两眼戒备，警示人类不要

轻举妄动。

那盏明灯不知何时飞来了，它出现在雪人前面，替他照亮路途。

"怪物要走了！"耶敏叫道。

"跟上它！"伟明不想就此放弃，雪人不似一般变异生物，它是一只有头脑的高级生物。不知爸爸的死与它有关么？说不定能从它身上找到答案。

他们正要向前迈步，身后响起了一阵悦耳的叫声，声声喜悦，声声苦涩：

"淘淘——伟明——文文——胖墩子——"

"敏敏——"

五人同时回头，目光讶异，脸上被重逢的喜色注满，他们几乎是同时冲向后方。

不远处站着两个人，一个是安琪，一个是耶鹿。许久不见同伴，她们脸上全是泪花，在夜色里如露珠般晶亮。

耶鹿的模样没变，还是邪魔的面貌，唯一不同的是眼珠子能灵活转动；安琪脸色白了点，身体无任何异样。

她们身旁还有一只可爱的动物——星鼹，它显得既安静又乖巧。

她们身后是一面高高的石壁，墙壁有一条绳索在风中晃悠。她们刚从绳子上下来。

"姐姐——"耶敏的眼睛再次笼上一层蒙胧的水汽。

当她看清耶鹿的样子时，整个人完全惊住了，声音也哽住了。

淘淘、伟明、文文和胖墩子也是呆了呆，反应没有她强烈。

耶鹿慢下了步子，没敢靠妹妹太近，好像怕毒性会传染似的，她眨

了眨眼,泪水却一时止不住,在恐怖的脸上断了又续。

"我没事,敏敏。"

"姐姐!"耶敏立刻飞身扑上去。

耶鹿还是不敢主动搂住妹妹,只得任由妹妹抱着。

"我真的没事,身上不疼不痒,只是容貌吓人。"耶鹿的眼神黯淡,心情沉甸甸地。

"姐姐,姐姐,为什么会这样?"耶敏哭泣。

耶鹿看看其他人,略微低了低头,神色全部沉入阴影中,"我喝了发光液体。"

"为什么要喝?"淘淘问得更急。

"有人要我喝的,否则妹妹会死。"耶鹿说,重新抬起了头,眼中的低落情绪已经消失。

"什么人?"伟明揪紧了心绪。

18 唐朝小美女

其他人都屏住了呼吸,静听答案。

"其实不是人,是一只浑身雪白的怪物,像人不是人。"耶鹿说,遥望远方那一盏明灯,距离太远,她看不清她口中的怪物就在那里。

"是雪人!"淘淘惊叫。

"你能和它说话?"伟明急问。

"不能,那怪物用手势表示。"耶鹿说。

"雪人这么做想干吗?难道只是要耶敏当个开启机关的人?引来那些黑色飞虫吗?那也太坏了,居然让耶鹿中毒!"文文恼怒不已。

"这里是它的地盘,也许它的领土观念很强,在赶我们走呢?即便是使用任何手段也要我们知难而退呢?"淘淘不由想到这一点,"以它的能力想要我们死,我觉得太容易了,因为耶敏说它有封印能力,加上它熟知地理环境……"

"看样子,它更像在玩弄我们,把我们当猴耍。"一路过来文文深有体会。

"你说这地球上除了人类以外还有什么物种这么聪明?居然可以把聪明人当猴耍。"胖墩子反问道。

洞穴玄机之被遗弃的外星人

"总之它是我们没见过的物种,如果说它是穴居动物进化而来,好像也没错,但是机关又是怎么回事?人工开凿的迹象又说明什么?为什么它连机关都懂?超能力也太牛了吧?怎么它他都不是地球上该有的物种。"伟明的猜测已经在逐步深入,一个古怪的念头闪现了出来,他没再说下去,而是在等待更多证据去指明他的想法。

经他提醒,淘淘也同样有所领会。

其他人不动声色,各有所思。

"你们俩怎么会来这里?"文文奇怪,不由发问,"还有,耶鹿你身上的毒?"

安琪看向身旁,忍不住叹息,只好一个人回答了,因为双胞胎还深陷在泪水中无法自拔。

"星鼹带我们来的。鹿鹿的毒未清,反正她醒了,人也挺精神,并无不适,我也无大碍,应该没有后遗症吧。"

"它怎么知道来这里?我们是碰巧遇上你们?"淘淘心思缜密,觉得有疑点。

"不知道,反正是它带的路,不过,"安琪想起了一件事,"它还让我和耶鹿开了几个闸。"

"开闸?为什么要开闸?"淘淘的疑问越来越多。

"不知道,我们照办了,一路开了将近十个闸,每个闸都在不同位置,十分费力气。我们用了不少工具才成功拉下闸。"安琪天真地眨着眼,"而且每个闸上都刻有古怪的文字,我和耶鹿都看不懂。"

淘淘脸上闪过一丝慌乱和骇然,如平静的湖面投下石子般,难道——

"星鼹也是被雪人给封印的吗?为什么雪人要封了它?"伟明说,一双眼睛仿若秋水寒星,光华闪动。

淘淘忽然大惊,看向伟明的脸色更加古怪,心中已经起了天翻地覆的变化:难道星鼹不是一只普通的动物?对,它本来就长得不普通,它

146

也是有思想的？这——太可怕了！

"它也是有思想的吗？"伟明和他的心思一样，似乎能洞察到人的心灵深处。

"咦？星鼹哪去了？"安琪慌乱起来。

胖墩子像被蜇了一样尖叫："你们看那边，打起来了！"

远处，杂草乱溅，花瓣纷飞，大部分花草东倒西歪，一条米黄色和一条火红色的影子交错、分开，打成一团。

星鼹的皮毛不就是鲜亮的米黄色吗？火王猫不就是如火的红色？

七个人的神情先是一阵惊愕，随即一个个冲上去。

两条影子在空中闪出一道道圆润的色彩，迅如雷电，恶战惊天动地，移影若鸿漫乾坤。

雪人站在水晶棺材旁边，身姿挺拔如苍松，气势刚健似骄阳，一双璀璨如寒星的双眸如狼似虎。

身后是一潭黑水，水面不时有碧波涌现，伴着层层水雾，水边怪石嶙峋，暗影层层叠叠，似有什么即将呼之欲出，场面诡异非常。

七个人刚靠近，雪人脸色变了变，雪白色透出青色，眼中掠过一丝说不清道不明的色彩，转瞬变得寒光四射，仿佛要扎进人的心窝。

这是警告！用眼神警告他们不要参与其中。

七个人蠢蠢欲动，不安与焦躁同时写在脸上。

安琪左右为难，她想上去帮星鼹，但形势不容许。

她眼中也多了一丝恐惧，星鼹完全不似之前那般可爱，一招一式都凶狠无比，仿佛天生就是一只恶鼠。

两兽相比火王猫显得顺眼多了，它就像一团火红的太阳。而星鼹就像无处不在的尘埃，老喜欢乘虚而入，起落时身形如一条米黄缎子，进攻快，抽身更快。

火王猫略显心急火燎，可能是麻醉针导致，眼底有一丝疲倦怎么也扫不去。

洞穴玄机之被遗弃的外星人

两兽相斗把七个人的眼睛都晃花了，看架势一时半会是打不完，也分不出胜负。

雪人显得不耐烦，已经出现坐立不安的姿态。

雪人身边的明灯在此刻暗了下去，暗光中浮现出一只透明虫子，形似甲壳虫，全身水银色，翼膜上隐隐有几条青丝。

七个人终于见到明灯的庐山真面目，他们称它为水银虫。

雪人的眼神顿时锐利了起来，转身回望。

七个人也惊疑地侧过头。

咕噜咕噜咕噜……

黑水潭冒出了层层碧绿色水泡，水汽越聚越多，在空中下起了小雨，水珠清澈，洗去了雪人身上的尘土，洗去了水晶棺材的灰尘，洗去了七个人灰头土脸的丑态。

水银虫见水如见克星，立马缩进雪人的耳朵里。

两兽还在缠斗不休。

雪人和七个人的眼睛还没望定黑水潭，"哗啦"一声巨响，头顶便浇来"瓢泼大雨"。

只见水面掀起了十丈高的水幕，雪人和七个人完全惊呆了，眼眸惊惧不已。

紧接着地面晃了三晃，"轰隆"一声，地面全面崩塌！

这一击令雪人和七个人措手不及，连两兽也深陷其中来不及反应。

七个人同时落地，摔得头重脚轻；雪人反应快，身体没有触地；两兽没能幸免，摔得不轻。

啪嗒！

一声脆响划过众人耳目。

那是——

目标在百米外，那里有两组尖锐的长牙，镶在一块巨大的头骨中，分明是某种动物的脑袋。水晶棺材正中长牙，砸在头骨上，然后一条线从水晶棺中间竖劈到底，丝丝缕缕的空气钻入水晶棺材。

雪人的双眼立刻瞪得更大更圆，眼中一片黯然。

七个人不知是何心情，他们第一次见到棺中人，满眼惊艳。少女的形象是那样的圣洁美丽，仿佛集天地间所有美好于一身，任何生灵在她面前均显得黯然失色。五官漂亮到了让人目眩神移的境界，精致到极点。发似流泉，云髻精巧，眉似春山，目如点漆，如一泓秋水，鼻若珠圆玉润，丹唇外朗。

远观之，皎若太阳出朝霞。

难道这就是古代美女？那也美得过于出众了，比喻天人之姿不为过。七个人心中是满满的感叹。

雪人眼睛里的黑暗霎时换成了光明，它刚刚注意到古典美少女睁开了眼睛，因为她一直是闭着眼睛。

七个人倒是不知，在感慨中久久无法回神。

雪人一个跳跃转身，伏在了水晶棺材上，双眼熠熠生辉。

少女直直看着它，眼睛里有光在慢慢回拢、聚焦。

伟明从恍惚中回过神，他扫视一圈，惊奇地发现周围布满了古怪的文字。他们落入一个文字世界，满眼都是，字字珠玑，光影流连，刻在地上，纹在墙壁，烙在各个角落，几乎是一个庞大的数据库。

中国的汉字是世界上最古老的文字之一，已经有六千年左右的历史了。在世界别的地方发现的古代文字，主要有三种：图画式的象形文字，埃及人在公元前三千五百年左右就使用了。还有苏美尔人和巴比伦人使用的楔形文字，大约也是在公元前三千五百年产生的。这种文字的笔画上粗下细，像木头楔子，所以叫做楔形文字。再就是公元前一千多年腓尼基人发明的字母文字。

这里的文字都没有以上特征，伟明心中的念头终于确定下来：外星文字！

"雪人是外星人？"淘淘说出另一个怀疑。

洞穴玄机之被遗弃的外星人

其他人还在呆望少女,眼神仿佛陷入千年轮回。

雪人开始做出一系列回应,它的指尖发着电流,闪着极光,从水晶棺材上划过。

啪啪!

水晶棺材分开,雪人立刻抱住少女跳到安全地带。

少女的身体还有些僵硬,眼中的神采如光波凝聚,又一点一点在眼角绽放。

七个人同时深吸一口气,克制着激动的心情。再一次见证奇迹,特别是这种特殊情况,那个少女很可能是古人,千年以前的古人!

他们的心再次揪紧,少女真的活了吗?

火王猫已从地上爬起来,好像有点脑震荡,一时没缓过来。星鼹不知道跑哪里去了。

少女的眼瞳终于动了,满脸流露出温和的光彩,见到眼前"人",她的嘴角居然浮现笑容——笑靥如花,轻灵若水。

雪人眼中有莫测和神秘光芒,似让人永远无法触及的神祇,从未出现弧度的嘴角,竟在这一刻微微勾勒出一个漂亮的弧度。

七个人为此惊呆了,不光是雪人的举动,更被少女的眼睛吸住了。她的眼睛特别迷人,他们从来没有看到过这么明亮的双瞳,这么温柔平静的眼神,在这双眼睛里似乎能够包容世间所有的一切,不管美丽的还是丑陋的。而她的笑容更是充满了阳光,看到她的笑容就仿佛浑身洒满了阳光般的温暖。

这世上怎么会有这样的少女?

19 合成生物

疑惑重生，在淘淘脑袋中形成一层又一层。

伟明已道出他心中所思："为什么她会对外星人笑？她不怕它吗？她到底死没死？活了多少岁？为什么封死了还能醒来？"

"外星人？"

其他人诧异了，齐齐望向伟明。

"一切证据都指向外星人！根据历史，我找不到哪个国家有能力捣鼓出这么多不可思议的技术，从机关可以看出端倪，在许多高难度机关上都体现出来了。即使用现代高科技来制作这些机关恐怕也有难度，太多精巧的零件不是这个世界能拥有的，还有那些变异生物，不可能的生物，难道不是外星人的杰作？恐怕和外星人也脱不了干系，至少会是因为外星人才会有那么多奇迹。"伟明虽然说得轻描淡写，其实心中哪有这么平静，"以及这些文字，发光的文字！太少见了！"

除了淘淘，其他人都被他的话给震得天旋地转。

雪人扶着少女站在他们面前，少女还是柔柔的模样，似乎并不适应环境，眼睛眨了好几下，面部表情不再出现，仿佛刚才那倾城一笑从未出现过。

洞穴玄机之被遗弃的外星人

雪人的眼神有些怪异，似乎在警惕什么。

难道有风浪将至？淘淘和伟明瞧出了异样，他们同时站起来，眼望天空。

其他人抖掉身上的尘土，有的望向少女，有的望向雪人，有的望向火王猫，有的四面环视，有的扫视众人。

空中水幕早已落下，激流声不断。黑水潭由岩石包围，从水面到底都是，所以出现地陷时，水没有倾泻外流，依然乖乖地待在潭中，如同一杯水，如果杯子没破，水自然不会外渗。

如果说这么大的变故是意外没有人会相信，若说是机关导致，淘淘和伟明已经信了。

他们想到了安琪和耶鹿曾经打开十个闸，而且星鼹……那双狡猾的金银眼，它的目的就在此地，肯定没错。

而且事情已经成功了，恐怕黑水潭底有十个机关，刚刚那一下是不是最后一道机关破水而出，那么里面有什么秘密？

眼看星鼹的身影再次晃到众人面前，它身旁多了一只星鼹，颜色有区别，是淡蓝色的。淡蓝色星鼹刚从黑水潭爬出来，身上还沾着水草和其他杂七杂八的颜色。

两鼠站在一处高高突出的岩石上，气势凛然。

雪人凝视头顶两鼠，眼神有剧烈变化，细看却是冰刃霜锋。

怎么回事？七个人完全摸不着头脑。

少女的眼中也染上一层霜，明明有恐惧泄露，接着她眼一闭，晕了过去。

雪人愣了愣，把少女轻轻放在地上。

她在害怕什么？她看两鼠的眼神为什么那么震惊？七个人的眸子在两鼠、雪人和少女身上来回打量。

火王猫退到雪人身前，前爪前伸，全身弓起，连火色毛发都是根根竖立，比之刚才的凶态更甚。

七个人不由得严阵以待，个个抽刀举弩。

两只星鼹做了一件惊世骇俗的事，它们的身体居然交融在一起了，只留两个脑袋没合成一体，很快身体膨胀，脑袋也跟着膨胀。

月亮从云端探出，光辉照着洞穴。

巨影在地面成形，一头巨兽顶天立地，把脚下的岩石都踩裂了，它一跺脚，身体已经着地，地面顿时震了好几次，石块敲起了乐章。

七个人差点被晃倒了，眼睛里的畏惧之色有增无减。

雪人双手握拳，眸子眯成一条线，不知在想什么。

"明明那么小，怎么就瞬间壮大了？"安琪惊叫。

"难道这就是传说中的合成生物？科学家的'狂想曲'居然被外星人先捣弄出来了？"伟明骇然。

淘淘明眸转动，"不对，它们明明被分开了，一只被封印，另一只被关押，为什么会这样？"他看向雪人，心中闪过一道亮光，"难道，难道是失败品？"

"失败品？"文文惊呼。

"完了！这下子大家完了！"听后，胖墩子沮丧地说。

"如果是失败品就有弱点。"伟明沉思的表情已然消失，留下的只有坚定，坚定接下来要做某事，不得怠慢，不能退缩。

合成鼠的身体过于庞大，几乎笼罩四野，它居高临下，金银眼冷冷如山泉，破锣般的嘶吼声沙哑暗沉，带着一股旋风，吹得脚下的人睁不开眼。

"攻！"

淘淘声嘶力竭一声吼。

七只箭脱弩而出，射向不同部位，雷厉风行的箭势在空中划下一道道光芒。

月光下，合成鼠大嘴一张，一条半金半银的长舌头横空扫过，卷走了七只箭，轻松的动作，连步子都没有迈开，只是身体微倾，脑袋摆了

洞穴玄机之被遗弃的外星人

几摆。

空气微微凝重起来,有人呼吸都开始变得困难了起来,头顶的星辉似乎也变得诡异非常。

"咔咔咔……"

舌头缩回口腔,合成鼠把七只箭当成食物用牙齿嚼成碎块。

那七只箭可是钢铁铸成,难道它不怕崩牙吗?显然不会!

七人面色灰白,看不出半点生气。

雪人屹立不动,眼神已发出了指示。

火王猫一跃冲天,身影矫若游龙,翩若惊鸿。

七人只觉风过发梢,面前飞来一大片铁屑,如雨倾泻。

七人躲得慌忙,闪得紧迫,衣服被刺破,皮肤被铁屑割伤。

雪人一个扑身护住身旁的少女,铁屑如针入肉,差点把它射成刺猬,它还是及时用手臂挡开一部分。

火王猫早已借得高处窜向更高地势,躲过铁屑袭击。

合成鼠一掌拍向火王猫,声势浩大,岩石碎裂成堆,震得石壁直打颤。

火王猫已闪到一旁,一只小爪擦向额头。莫非它也吓得冷汗直流?

风声又来,大掌如一卷大浪扑来,月光把合成鼠的锐爪修饰得无比锋利,刺得火王猫两眼一眯。

七人仰望一大一小斗争,额冒虚汗。

雪人额暴青筋,生生拔掉刺入皮肉的铁屑,连眼都没有眨一下。

火王猫又是一招惊险躲闪,与大掌擦身而过,爪尖还没立稳,一条舌头如铁钩般向它甩来。

火王猫不得不闪,连出手的机会都没有,对方的攻势招招致命,几乎不让它喘息。

七人看着火红身影窜来跳去,不知替它揪了几次心,捏了几把汗。

"那怪物太厉害,我们对付不了它,怎么办?"耶鹿擦掉脸上的血

溃，眼角不时扫向雪人，对他格外警惕。

"趁现在赶快逃吧。"胖墩子两眼四处搜寻，寻觅出逃方位。

伟明默默不语，紧紧盯着合成鼠的动作。

淘淘看看同伴，咬了咬唇，"我看不出它的弱点在哪里，我们只好逃吧。"说完，他的眼睛偷偷瞥向少女。

"要不要把她抢过来？"他只是这样想，差点脱口而出。

伟明侧脸斜瞧，眼瞳里映出少女的身影，连他也有淘淘的心思。

文文和安琪互望一眼，垂头不说话。

耶敏盯着姐姐，眼中有伤感，有焦虑，有担心，也有感动。毕竟姐姐是为了她才中毒。

雪人看向七人的目光变化莫测，他弓身抱起少女，朝他们走了十来步便放下少女。

七人的面部表情微愕，他们中有的人已举起了刀直指雪人，比如双胞胎。

雪人退后五步，手指一下少女，又指一下他们后方一块巨大的杂色岩石。

七人面面相觑，然后望向雪人和少女。

伟明问："你要我们带着少女离开？"

雪人没有说话，也没有点头。

"外星人听不懂。"淘淘再次提醒伟明，他扭头看胖墩子，"你去看看岩石。"

胖墩子跑开，在巨岩边研究了半天也没有看出什么。

"也许岩石后面有路。"伟明再次看向雪人时，眼神变得幽深。他向前走去，在少女身旁停下，弯腰抱起少女，见雪人没阻止，便对淘淘说："过来背她。"

淘淘倒是十分乐意，嬉皮笑脸地应声是。

少女还在昏迷中，但也奇美无比。

洞穴玄机之被遗弃的外星人

淘淘背上她，朝岩石迈去。

伟明指向雪人，再指向巨岩，示意雪人给点提示。

雪人看懂了，他伸长四指，指尖有电流闪过，光芒乍现。

只见他手臂一挥，一道光直击巨岩，如激光一般把岩石割成两半，石块向两边倒，后面一个黑洞显露出来。

七人再次惊叹。

"这么厉害为什么不去对付合成鼠？"胖墩子不明白。

淘淘撇撇嘴，"我想这招有用的话，合成鼠早挂了。"

"天哪，那厮那么厉害？"文文不敢置信，再次望向合成鼠。

"快走！"伟明说，"那猫快支撑不住了。"

胖墩子最先入内，然后是文文、安琪、双胞胎，最后是淘淘。

"伟明，你站着干什么？"淘淘回头时，见伟明一动不动，视线还放在合成鼠身上，"再看就没命了！"

"你们先走，记得在壁上作标志，我随后到。"伟明关掉探照灯，把自己也隐入洞内，"我得看看。"

"什么？你不要命了？"淘淘怔住。

"你不要管我。"伟明说，不温不火的口气。

"你是不是想从它们身上了解更多？是不是——"淘淘说了一半，欲言又止。

"是的。"伟明说。

淘淘叹口气，彼此心照不宣。他哪会不知道伟明在想什么，一切都是为了爸爸的死亡之谜。

听到脚步声远去，伟明有松了一口气的感觉，这种情况下他不希望同伴受伤，谜底还是由他来破解吧。

20 外星人

恶斗进行中，一方强一方弱已经明朗化。火王猫渐落下风，被合成鼠的掌风伤到，摔在碎石堆旁边。

雪人也变得毫无顾忌，朝合成鼠发动了攻击。他的双手聚集了能量，指尖光芒夺目，一挥如同电闪雷鸣，石壁炸开，几百块碎石朝近处的合成鼠砸去。

为什么不直接用能量打击合成鼠呢？伟明摇摇头，完全看不明白。不过他这样一来，简直可以毁山灭地。

火王猫也从地上窜向雪人背上，攀着它的肩膀，眼睛直视合成鼠。

合成鼠身体庞大，闪身动作并不灵活，自然被不少碎石砸中，只是那些碎石不够分量，对它来说并无多大伤害。

它用舌头卷起一块岩石甩向雪人，一系列动作十分麻利。

雪人起跑两步，跃身附在石壁上，岩石在他身后开成一朵纷飞的花瓣。

合成鼠用庞大的身躯撞向雪人，面积之大，如泰山压顶，导致雪人

洞穴玄机之被遗弃的外星人

逃跑的范围变小。

伟明的一颗心都提到嗓子眼了,他从来没有这么紧张过,不知为什么他不希望雪人死。

"噼啪"一声脆响。

雪人用能量在石壁上击出一个洞,身体躲入洞眼里,他背上的火王猫一直乖乖匍匐不动,似乎已经和他融为一体,完全不会成为他的负累。

地动山摇的震感一波一波荡开。

合成鼠知道没有把雪人碾成肉酱,再次迅速撞击石壁。

这一撞犹如忽如一夜春风来,千树万树梨花开,石壁全面裂开,一条条裂缝开出千万缕细枝末叶。

洞眼已经不能待了,雪人抓一把锋利的碎石,直捣面前贴在石壁上的皮肉。

一声惨叫破空直入云霄,连月亮都被合成鼠的叫声吓得哆嗦了两下,月光已然微晃。

伟明看得心惊胆战,洞口不知摇晃了多少次。不知为什么雪人总会绕开出逃处,所以他依然安全,偶尔有石屑飞来,砸得他好生疼痛,他看得太专注了。

合成鼠退了几步,雪人趁机逃开,攀在堆积成山的碎岩上。他用力一挥,又一面石壁发出"噼里啪啦"的声音,以十万火急的速度向前迸发出碎石块。

合成鼠脚踏碎石,直接扑向雪人,虽然腹背受"敌",它却不管不顾,根本不把碎石块放在眼里。

雪人感到不妙，视线拉远又拉近，已经弹跳出数米。

合成鼠身体被一大堆碎石块击中，还是踉跄了一步，发出一声如孤兽般的呻吟。它拉出舌头从空中掠过，卷走峭壁上一团藤蔓，朝雪人身上打去。

藤蔓仿佛无数条毒蛇吐着长信子伸向雪人的身体，来得如此密集，如此猛烈，仿佛空气都被挤掉了，只剩下鞭子在眼前晃。

雪人已经无路可退，身体贴着石壁，脚踩一处滑溜溜的峭壁。

黑宝石般的眸子里光华流转，耀眼如旭日，他的眼睛居然发光了！

周遭一切都变得亮堂堂，仿佛有千万道光芒激射周围的峭壁，光芒中藤蔓被某种力量切割成无数段，撒落满地，就此失去生命，软如泥。

一面面峭壁如同商量好了，全部炸裂，全面崩溃，如洪流般涌向中间，而合成鼠就站在中央。

金银眼终于出现迷乱的神色，合成鼠慌了，已经来不及做任何反抗，唯有最后一声凄厉的惨叫，好似死去的绝望的亡灵，在唱着死亡哀歌。

乱石在它身上堆积成一座高山，就此埋没了它。

笼罩在四周的白色光芒，瞬间崩裂飞散，幻化成点点晶莹星辉，向四周辐射，转眼消失在黯沉夜色里，不复可见。

雪人的眼神由迷离化作清晰，由清晰化作温柔，由温柔化作深邃，仿佛无边的星云，因色彩太过深厚，终至成为一潭深沉的墨色，竟如死水般沉淀。

他的身躯软倒下去。

火王猫也跟着倒地。

洞穴玄机之被遗弃的外星人

身旁的峭壁"哗啦啦"掉下一大堆碎石,把雪人填埋。火王猫本能反应,一下子就跳开了。

不过,它很快窜上去,用爪子扒开碎石,一块块碎石滑到它身后。

伟明站在洞口形如雕像,眼前到处是残壁,破裂的岩石,裸露在空气中的窟窿眼,以及枯枝败叶。

深渊经过此番遭遇又扩大了一倍,黑水潭也被碎石填平了,坍塌的峭壁太多了。

他不知道自己为什么没事,好像雪人忽略了他那里,又好像雪人知道他在那里,或者说这次的光芒没有经过他那里。

猛然,他惊醒过来,脸色惨白。

他踉跄着脚步奔向雪人所在位置,人还没站定,火王猫已经跳起来,对他虎视眈眈。

"我没恶意,我不是来落井下石的,我……"伟明第一次失去了分寸,不知该如何表达才能让对方明白。

火王猫显然听不明白,张着嘴巴咬牙切齿。

"我是来帮忙的,先把它弄出来吧,不要这样看着我。"伟明尽量放缓声调,用极其柔和的嗓音说。

火王猫始终对他不放松,敌意甚浓。

"伟明——"

正在他左右为难时,一声清亮的嗓音唤回了他的镇定。

"淘淘!"他转身,如获救星,眼睛里的光芒再次闪过,他看到了少女,她醒了。

"我叫李婉,唐朝人。"少女似乎对他印象很好,一见面就直接自

我介绍，省得对方迷糊。

她身旁是淘淘，身后是文文、安琪、胖墩子和双胞胎。

对于此景，他们这群"后来人"也是一阵惊愕。

"李婉？唐朝人？"伟明惊呆，她真的是千年以前的古人！

淘淘他们六个已经惊过了，所以神色没有多大变化。

"她可是唐朝公主！"安琪满脸艳羡和爱慕。

李婉莞尔一笑，掠过伟明身旁。

伟明只觉一阵花香飘荡，天使般的人儿刚刚和他说话，他的表现好像失态了。

"我，我叫伟明。"他急忙补救。

李婉对他回眸一笑，实在是顾盼生辉，倾倒众生，连寒潭也会被暖化成春水。

"外星人呢？"她问。

伟明脸色大变，更加失态，几乎语无伦次："它真是外星人？它，它被埋了。"

"见到大美女，连脑子都变笨了，之前你不是肯定了雪人是外星人吗？"胖墩子语带嘲讽。好不容易有机会笑话伟明，他才不会放过。

"被埋？"李婉听后，脸色"刷"地变白。

火王猫见到李婉后敌意消失了，又忙着扒碎石块了。

"哗啦"一声，碎石被掀开，滚落一旁。雪人探出头来，眼睛里全是李婉的影子，眼神有生的喜悦。

"雪米！"李婉惊叫一声，扑上去拉出雪人。

火王猫也扑上去，与雪米来了个亲密接触。

洞穴玄机之被遗弃的外星人

"原来外星人叫雪米。"淘淘若有所思。

"原以为外星人死了。"伟明松了一口气。

雪米没有站起来,样子很虚弱,视线一直盯着李婉,紧抿的唇终于开口说话,可惜说的是外星语。

李婉居然能听懂,不住地点头,偶尔插上一句,竟然也是外星语。

七人除了震惊就是不解,他们也只是刚刚得知她的名字和朝代,其他一律不知。李婉一醒就要找外星人,于是一群人又折回去了。

过了一阵子,雪米和李婉的对话结束。

李婉轻抚两下火王猫,说了几句外星语,火王猫便不再对淘淘他们产生敌意。

"我们先离开这里,这里是深渊,并不安全,弄出这么大动静,可能还会有飞兽出现。"李婉扶着雪米站起来。

此时,水银虫从雪米耳朵钻出来,亮光照亮了一大片地方。它向前飞去,为大家指明道路。

当众人的脚步没入洞里,深渊中发出"哗啦"声,那座高山陷了下去,两只星鼹钻了出来,但已是伤痕累累,奄奄一息。

它们眼中满是仇恨的目光,似有不甘,似有复仇的火焰。

21 死亡之谜

地面如同青石板一样不粗糙也不光滑，一层叠一层，如同梯田，每一层都有薄如纱的晶体生长，厚一些的晶体如水流的模样被霜冻住，处处赏心悦目。

他们沿路走上去，到达最后一层。

最后一层的面积很广，差不多有一个大操场大。上面有许多石雕，形状如石灯笼，材料透明闪光，还有几个形如罗盘交错在一起，材料是纯碧绿色的翡翠。地处中心有五个大型圆锥体，上圆下尖，通身雪白，上面有一层凸出的红色软泡泡。

石雕和圆锥体都有刻字，都是外星文字，字体发出粉红色的光，使得周遭仿佛罩上一层粉色光影，很漂亮的环境。

李婉把雪米扶到一个圆锥体上面躺下，她说这是床，外星人睡觉的床。

七人倍感好奇，一个个都把屁股抬高，坐到床上去感受。

"感觉很舒服，仿佛坐在云层里，飘飘忽忽的。"安琪兴高采烈地说。

"这是怎么做到的？"淘淘发现五张床其实没有触地，也就是说圆

洞穴玄机之被遗弃的外星人

锥体飘在空中。

"能量,外星人天生有一种超能力,并使用能量做各种事,当然也不是万事都能办到。"李婉解释。

"这么说我所看到的一切都是雪米使用了能量。"伟明想了想。

"是的。"李婉坐在雪米身旁,"能量并不是源源不断,超负荷使用就会变得虚弱,需要很长一段时间才能恢复。所以雪米变虚弱了。"

"为什么雪米不直接用能量攻击合成鼠?合成鼠到底是什么东西?"伟明问。

李婉看一眼火王猫,它伏在雪米脚下,半眯着眼睛。

"合成鼠不是普通的动物。两鼠原本是地球上的动物,外星人拿它们做实验,想把它们变强为己所用,结果实验失败。谁曾想到合成鼠居然偷吃了一点反物质,结果它变强了,而且有自己的思想,既狡猾又不听话。因为是失败品吃了反物质,所以它还没有到达攻不可破的地步,但是很危险。一旦它把潜藏的力量挖掘出来,破坏力是极强的,无法估量,反物质在它体内就当于隐形的炸弹。"李婉说,"还有一点,合成体能防御外星人的能量,如果雪米用能量攻击合成体就会被反弹回来。"

"反物质?"

其他人的眼睛里都出现茫然的光。

"别急,我会慢慢说明白的。"李婉似乎在平息内心波动的情绪,一时间没有言语。

"你为什么会在这里?为什么会在水晶棺材里?"淘淘打量她一身华服。

李婉转移视线,眼波罩上一层蒙胧水雾,"我是被外星人抓来的。数千年前这里来了一批外星人,他们来挖一种元素叫反物质。这种反物质很稀少,具有惊人的能量,是星际飞行器的最佳燃料,在每个星球上都分布了一些,但不多,整个地球也就四十六公斤。很多我不知道的信息都是雪米的前几代爷爷告诉我的，虽然我听不太懂，不过我记住了。外星人可活五百年。"

她顿了一下，"我是被雪米的前几代爷爷封进水晶里，爷爷说人类的寿命太短，他希望我长命，不希望我死，他说把我封在水晶里可以保持不死，我没有反对，这是他的心愿，因为我的命是他救的，他很疼爱我。"

她眼中悄悄淌出一滴泪，"爷爷说他快死了，他被反物质废品辐射了，便在临死前封了我。其实我知道，他担心他一死就没人照顾我，所以只好把我封起来，目的是为我好，怕我被洞穴生物吃掉。他相信我还是能出来，也许它的子孙很快就能放我出来。"

"雪米说他以为我死了，所以一直不敢打开，他的爷爷也是这样认为，他们一直都很珍爱我。"她轻轻拭去泪花，"反物质被外星人采集完，就立刻在洞穴里提炼出来，所以留下不少废品，废品具有高辐射。爷爷就是为了清除掉废品才被辐射的，他这么做也是为了保护我，保护他的子孙。当时爷爷救下我就注定他失去了回家的机会。"

"外星人采集反物质时，顺便抓了一百个少男少女，准备带回家研究。爷爷和我特别投缘，外星语言也是他教我的，为了不让我成为被研究的对象，他偷偷救下我……因为背叛，外星人头头把爷爷扔在了地洞里，带走了提纯的反物质和那些少男少女。"她的目光定在雪米身上，柔和而美丽，"洞穴里有变异生物，其实大多数是被外星人实验出来的。"

"合成鼠太危险，爷爷因为被辐射，能量变弱了，无法消灭它，只好把两鼠分开，一只封印，一只关押。"她伸手握住雪米的手，雪米眯着眼睛看她，对她有浓浓的依恋。

"反物质元素？废品？辐射？"伟明两眼晶亮，"你不知道外星人爷爷怎么死的？症状是什么？你也不知道吗？"

李婉摇摇头，然后开口问雪米。

洞穴玄机之被遗弃的外星人

雪米不知用什么手法从床上掏出一本笔记。笔记的材质恍若溜光的刀片，外星文字如月光汇集在上面，美得巧夺天工。

李婉翻看笔记，慢慢读出："爷爷记录了，他被辐射时没有什么明显症状，只是一开始有点不舒服，后来就很正常，其实他知道那反而不正常，所以死得很突然，一点痛苦都没有。最后一笔有点乱，可能是回光返照时写下的。"

伟明沉默了相当长一段时间，好像要用时间好好消化他听到的信息，又似一种无力感，左边胸膛一股蚀心刺骨的疼痛顺着经脉蔓延开来，疼得他紧皱眉头，"爸爸——原来爸爸是被废品辐射了，恐怕某个角落还残留着反物质废品，不巧被爸爸撞上了，可能他在采集样品时触碰到了，怎么会这样？为什么是爸爸？"

"伟明？"

同伴都担心地看着他。

"我没事。"伟明再次抬眼时已经平静。

"那么多机关是怎么回事？"文文盯向李婉，满眼的求知若渴。

"那是外星人弄出来的机关，防止我们逃跑给他们带来不必要的麻烦，毕竟我们人数有一百人，总有些人是不会安分守己的。"李婉还在翻看笔记，眼中有一种暖融融的情感在流动。

"那些成堆的矿物呢？"耶敏也提出自己的疑问。

"外星人在洞穴挖反物质元素时，刨出大量矿物便集中起来堆积在洞里。当时我们和矿物关在一起，有人还挖通道逃走，最终没成功。"李婉抚摸着笔记上的文字，"笔记上说地球上还有六个这样的洞穴，外星人一共挖出了七个大洞穴。"

七人听闻都愣在当场，一个这样的洞穴已经够可怕啦，没想到地球上还有六个，他们怎能不心惊？

淘淘沉思一会儿，转头看一眼雪米，"为什么雪米引我们去机关处？还要加害双胞胎？我们没有得罪他吧？"

李婉愣了愣，这件事她不知道，只好问雪米。

雪米眼光异样，却也没有犹豫就同李婉说开了。

李婉转述："他对外来者一向都是如此对待。曾经有过几批人类来此，目的是为了谋利，行为恶劣，心胸狭窄，在利益的驱使下还会加害同伴。所以他对于外来者一向没好感，同时也想看看人类是不是都是一个德性。这么做便能看到你们的做法，你们很团结，也没有坏心思。不过他不会轻易相信人，还想考验一下你们，另外，也想让你们走，离开他的地盘，谁知你们还真是死缠烂打，一路过关斩将，他都有点佩服了。其实他还是手下留情了，没有把你们引到更危险的地方去，他看你们七个人还是小孩，一个个都挺可爱的，不像他曾经看到的大人。那些大人凶神恶煞、表里不一、各怀鬼胎。"

"手下留情？毒气、钟鸣、大水、变异生物的阻挠都十分凶险，我可不认为那是手下留情。"胖墩子微微嘟起嘴。

"那他见过我爸爸吗？他都对我爸爸做了什么？"伟明眼中燃起某种情绪。

李婉再次转述："见过，但他没有对你爸爸做任何事，因为你爸爸的行为表明他是一名科学家。雪米虽然生活与世隔绝，但爷爷的笔记教会他许多事，对于科学家他还是十分敬仰的。"

伟明的目光直逼雪米，瞳仁里尽是探究。雪米坦荡荡与他对视，没有分毫躲闪回避。

两者对视良久，最后被一声轻咳打断。

"雪米对我们的行踪了如指掌，一开始星鼹被我们无意放出，为什么他不尽快除掉它？导致两鼠合成，造成不可挽回的后果，让我无法理解。"伟明两眼清明，神色严肃。

李婉边问雪米边解答："虽然笔记上有记载：合成鼠留着是一个祸害，必须得除掉它，因为反物质能量不可小视，破坏力极强。但是雪米没有亲眼见过，对此事不清楚，也就没在意了，况且他也很想知道合成

洞穴玄机之被遗弃的外星人

鼠到底有多厉害。好奇心人人都有,外星人也不例外。"

"好奇心真是害死人啊。"安琪感慨万分。

"我一直不明白人和动物被封印在没有空气的石头里,为什么没死?"淘淘再次发问。

"雪米说外星人用超能力在封印你的同时,也会石化你的身体机能,虽然你人在石头里,但体内一直会存有一股电流,这种电流就是一种能量,一见空气便能使你复活的能量。总之,外星人的超能力十分特殊,无法考究,也无法解析。"李婉耐心地解疑答惑,神色没有不耐烦过,一直都是温和可人的样子,无愧于天使的形象。

耶敏望向默默不语的耶鹿,不满地抗议:"我姐姐的毒怎么办?"

李婉凝视耶鹿,美眸却已经失去了焦距,若有所思。

"我想我可以帮她解毒。"她缓缓说出。

"真的吗?"耶敏第一个欢跳起来。

其他六人也是高兴不已。

"爷爷教我解过毒,需要多种矿物粉末加热,只要精华的部分,再参点花粉研制即可解百毒。"李婉清清的眼睛里一片坦然。

"我相信你。"耶鹿浅笑点头,心情好了许多,像下过一场春雨洗去蒙蒙灰尘。

"我需要一个帮手。"李婉笑道。

"我去。"淘淘率先答道。

于是,李婉和淘淘去矿物洞寻找制药材料了。

伟明望着远去的两人,右眼皮直跳,不知为何心中隐隐不安。

22 公主的来历

临近深渊,水银虫拐进一个溶洞,李婉和淘淘也跟着进去。

溶洞很高,顶部可以见天,目测无法丈量,人若想攀岩上去非得累死,越往上面越陡,也越滑。从洞底开始,峭壁上就长满了各种奇花异草,艳花争芬一直延伸至顶端,这种景观实在罕见,美不胜收。甚至还有不少燕子窝,就是那种名贵的燕窝,燕子全名叫洞穴金丝燕,用唾液筑巢,纯白色的杯状巢像一朵朵木耳临渊生长。

比起万花争艳,李婉在淘淘眼中是最美,他不禁多看了她几眼。

感受到他的目光,李婉给他一个笑容,如兰花临渊怒放,招展多姿,清新脱俗。

淘淘又看呆了几秒。

"我需要几朵像梅花的奇花,那种花最少,你帮忙找找。"她说,"其他品种的花我自己找。"

"没问题。"淘淘掏出两个望远镜,一个自己用,另一个递给她。

李婉好奇地把玩望远镜,对它的新奇劲久久不散。

洞穴玄机之被遗弃的外星人

"外星人吃什么？我有点好奇。"淘淘开始找话题问她。

"外星人是杂食动物，什么都能吃，比如这满渊的奇花，也能吃，只要没毒就行。"李婉遥望深邃的洞顶。

"你真的来自唐朝？"淘淘还是觉得有些不可思议。

"我倒希望不是。"李婉轻声说。

"为什么？"淘淘不解。

"因为我完全不知道现在属于什么年代，恐怕也会无法适应，从你们的穿着打扮，再比较我的一身行头，怎么看我们都格格不入……我就好像进入另一个时空，世界全变了，这让我有点恐慌。"李婉越说越小声，以至最后一句话淘淘没听清。

不过他还是能看出她的忧虑，不免安慰道："放心，我们会照顾你，到我家去怎么样？"他确实有这份心。

"男女授受不亲，怎么能去陌生男子家里住？"李婉赶忙拒绝。古代女子的伦理纲常，仪容品德全在她脑子里挥之不去，更何况她是公主，早就被教化成淑女。

"难道你要和外星人待在一起？"淘淘举双手反对，"你这话也不对！我们还是孩子，谈不上男女之列，我们也不是陌生人，你在我心里的地位可高了。"

李婉沉默了片刻，不急不缓地说："有何不可？"

"什么？你真要和外星人待一辈子？"淘淘有点急了。

"雪米是我恩人的子孙，我理应照顾他。"李婉说，半张脸埋在阴影里，半张脸被亮光照得雪白，恍如天山雪莲绽放。

淘淘愣了愣神，急得口无遮拦，"他照顾你还差不多，洞穴环境根本不是人住的！可不要拖累他，他可是有五百岁寿命，难不成要他再次封了你，然后相对无言终生？这样有趣吗？"

"这……"李婉呆呆地看着他，"找花吧。"这几个字说得有些生硬，好像是生生挤出来的。

淘淘见她情绪变差，急忙闭嘴，把更多话咽回去。

"哈哈，我找到一朵了。"他乐呵呵地叫，双手取下挂在腰间的岩石塞，准备攀上去摘花。

"小心点。"李婉目露担忧。

"没事，这活早练熟了，否则哪敢上这来。"淘淘轻松地说，他这话也不是自夸。

李婉笑笑，指着上面几朵蓝色花，叫他也顺便摘了。

淘淘认真攀岩，一心只想让对方看到他的英勇，连气都不带喘，十足的男子汉气概。

摘了几朵花，他正要炫耀一把，忽然发现李婉躲在角落里，样子有点奇怪，到嘴的话也就卡喉里了，扭正头继续摘花，脑子里便思考她怎么了。

耳朵里听见一种怪音，好像来源于峭壁里面，他赶忙贴耳过去。怎奈隔着一层厚厚的石壁，即使把耳朵磨破了，那种怪音也只能听到一点点。

淘淘的眉头皱起又松开，他想也许是自己多心了，可能是某种动物啃食的声音，虽然怪音好似尖锐的刺刮过铁皮，让人听得不舒服，如同浑身长满疙瘩。

摘完指定的花，他便不动声色，悄悄从另一端下来。

李婉还沉浸在自己的世界，甚至发出了低低的啜泣声。

"李婉？"淘淘小心翼翼地呼唤她，生怕她会如同易碎的娃娃似的。

李婉抬起泪眼,如此忧伤又眷恋的眼神被淘淘看得清清楚楚。

"你是不是想家人了?"淘淘关切地问。

李婉原本想找个借口,比如说眼睛里进尘土了,看到他真诚关心自己,不由得哭出了声音,委屈的泪水怎么止也止不住。

淘淘掏出手帕给她,"你是怎么被外星人抓住的?"

李婉拭去几滴泪珠,伤感的模样令人心疼,"我和母亲去大理寺上香,在庙口见到不明飞行物在头顶,形状是一个大大的圆盘。人人以为是怪物来了,好多人都吓得四散奔逃,场面闹哄哄,也乱糟糟。我根本不知如何是好,母亲不知被人群挤哪去了,侍卫和宫女也被冲散了。我还没找好地方躲,头顶就有十个外星人下来了,其中一个外星人立刻把我抓进了飞行器里。后来我才知道那东西叫飞碟,外星人用来穿越宇宙的飞行器。他们喜欢到热闹的地方逮人。"

"飞碟?你见到飞碟啦!"淘淘竟是说不出的激动,见李婉眼神变得怪异,忙把情绪收敛,掩饰般地笑笑,"他们有没有伤害你?"

"只是收押,其他动作倒没有,他们打算送我们去外星球再做实验的。"李婉收住了眼泪,不仅感慨万千,眼波的流光也在微微晃动,如浮萍般把握不住自己,似乎心变得荒凉。

她转过身,面对峭壁说:"我被抓母亲一定会伤心难过,想到她整日以泪洗面我就觉得自己很不孝,还不如当时就自绝,就不会有后来的事情发生,更不会让母亲不知我是生是死而牵肠挂肚。死亡虽然不是好办法,却可以令她不至于长期痛苦,正所谓长痛不如短痛。可惜当时我没有那么做,已经失去机会了,再死的话母亲也不可能知道。还有疼我如宝贝的父亲、哥哥,他们肯定难过死了。"

"你怎么能这样想?"淘淘十分担心她的想法,"你千万不要再有这种念头,我们会照顾你的。"

"我好想母亲,好想父亲,好想哥哥,好想好想……"李婉又哭得梨花带雨,转身伏在淘淘肩上缀泣,"母亲,父亲,哥哥……你们在哪里?在哪里?……"

淘淘像兄长一样拍拍她的背,嘴里低语:"我当你哥哥好了,我来做你的亲人,我一样会疼爱你。还有我爸爸妈妈,他们就是你的爹娘,你一样会得到更多关爱,我们会当你是宝。不管你做错什么,我们都不会怪你。如果你无理取闹,我们也会配合你;如果你想和邻居打架,我们帮你打;如果你想在学校称王称霸,我们就帮你扫清障碍;如果你想出人头地,我们就是你的后盾,尽管去做任何事;如果你受了委屈,我们会第一时间替你出气;如果有人要和你比美,我们会把她列入黑名单;如果有人敢欺负你,我们会把他送入十八层地狱;如果……"

李婉被感动得稀里哗啦,哽咽得说不出话来。

"真的吗?我可以得到那么多爱吗?我可以疯来疯去吗?我可以毫无顾忌做自己想做的事吗?我不用再束手束脚吗?我可以做自由人吗?那些宫廷礼仪不用再遵守了吗?我可以海阔天空任遨游吗?我可以……"当她稳住情绪,开口说话时,一人堆"可以吗"就此绵延万里。

凝视着她眼中暗沉的旋涡慢慢的、一点点的散去。淡淡暖意,仿佛阳光破雾而出,染亮了她的五官,美如沉鱼落雁闭月羞花,亮如荧光裹身彩虹满天。他心里浮出一句应景话:花儿为什么这样红?

洞口一条黑影若隐若现,原是伟明躲在那里。看到两人安然无恙,心情完全放松下来。

李婉的心结就此解开了,他还是倍感欣慰。

眼前的李婉不同之前,她的笑毫无保留,焕发出浓郁生机。

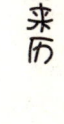

洞穴玄机之被遗弃的外星人

　　如果淑女也会变成为所欲为无法无天的恶女，恐怕太阳也会倒着走，他可不想有那么一天，很难想象李婉若是性情大变，一定很可怕……伟明不禁暗笑自己遐想出来的情景。

　　耳畔好像吹过一阵怪音，他环顾四周，悄然寻声而去。

　　到达坍塌的深渊口，伟明惊呆了。

　　怪音来自一只怪物，它正在用身躯吸收空中盘旋的飞行兽，它的形体已经被一种波形掩盖，仿佛是某种力量在作祟，亦伸亦曲，不停吸取周围的力量为己所用。

　　雨，不知何时开始在飘洒在空中。

　　耳边除了雨声就只听到怪音在不断回荡，就像钟声一样，久久缭绕不去，但是却比钟声更具有穿透力，比钟声更让人头脑发颤。

　　那些长着翼膜的飞行兽和另一群长着翅膀的飞行兽，好似被某种力量吸引，不停地做出飞蛾扑火的行为。怪物的身体逐渐增大，看不出形状，只有波纹，然而飞行兽的翼膜和翅膀都变成怪物的翅膀，从怪物两侧伸展开来。一只接一只被吸食，它身体两侧加起来大约有三十对翅膀，二十对翼膜。

　　那是什么？怎么会有这种怪物？

　　伟明早已心惊胆寒，面色如土。

　　当他的视线落在怪物身体下方顿时如雷轰顶，两具皮囊残破不堪，分明是星鼹的皮毛。米黄色和浅蓝色皮毛混杂在一起，被雨水滋润，却怎么也鲜亮不起来，如同枯枝败叶，失去了树木的依托，只有落地成泥。

　　难道这就是反物质的力量？它已经成精了？

23 谋划

一个个鸟头隔着一层白色膜凸出来,一起一伏的,仿佛一颗颗跳动的心脏,使得怪物看起来更加狰狞。但是它的整体形象还是模糊,如同没有长全的身体,旁人看到的只是它的一部分,它的体形具体有多大,恐怕一时无法估量。

听到有脚步声靠近,伟明立刻惊醒过来。

淘淘和李婉还没喊出声,他就扑上去用双手捂住他们的嘴巴。

望见那只恐怖的怪物,他们的瞳孔不断扩张,幸亏被捂住嘴,否则他们真会惊叫出声。

"回去!"

伟明用不容拒绝的口吻说,一手拉一个人,把两个发怔的同伴拽着离开。

他们也不知道是怎么回到雪米那里的,一路上三个人甚少说话。当他们把这个不幸的消息带给大家,可以想象到大家的反应。

其他人都是一副错愕、震惊,外加恐慌。

李婉在雪米耳边嘀咕了几句,雪米听后也是多种表情反应在脸上,

洞穴玄机之被遗弃的外星人

眼中的星光忽明忽暗。

不知过了多久,雪米从床上又抽出一本笔记,翻开摊在床头,用眼神示意李婉看过来,然后讲了很长一段话。

在大家焦急的眼神下,李婉道出雪米的建议:"雪米现在无法使用超能力,即使能用也未必打得过那只超能怪物。因此,他想利用机关铲除怪物,是否成功就看大家能否把怪物引至机关处。他得去开门,同时控制机关。"

"用机关?这种办法可行吗?"文文还是担心。

"恐怕你们还不知道,洞穴里有一套大型机关,你们都没见过。只是,"李婉看了看雪米,目光不安,"比较危险,到时候你们不要进去,只能在外面看。"

"那怎么行?雪米是你的恩人,他便是我的恩人,我不会放任他不管。"淘淘声音很急,仿佛再慢一拍,这话就会被人抢先说。

李婉注视他,眼底清楚地映出他的身影,睫毛如漂亮雨蝶"扑扑"抖动,"雪米说……他活不长了。外星人本来就不属于地球,为了适应地球空气,他的寿命在缩短,有时候还会出现气喘,但是他很喜欢地球,不希望怪物毁坏如此美丽的家园。你们可不要小看反物质,一点点反物质足可以毁天灭地,是原子能无法比拟的。"

七人不同程度都出现失落的情绪,甚至有不舍,也有忧心忡忡的。

"我们不会牺牲他的,请你告诉他。"伟明说得异常坚决。

"对,我们不是胆小鬼,更不是怕死之徒,雪米的命同我们一样宝贵。"淘淘也是说得字字铿锵。

其他人又是一阵赞同,个个斗志昂扬。

不安分的胖墩子嘟囔道:"淘淘什么时候同李婉变亲密了?"

"肯定又是他一相情愿。"安琪不屑地说。

"你们懂什么,将来我还要……"淘淘没有把话挑明,因为时机不对。他想说：将来我还要她做我媳妇呢。

李婉深深地看一眼七人，把原话告诉雪米。

雪米两眼晶亮，眼神柔若水轻若云，说了一句简短的话。

李婉听了，两眼通红，泪花随着抽泣的声音滚落下来，她好像只是重复着一句话，柔弱的身躯中透着令人折服的刚强。

雪米不由分说，一个挺身立起，带着火王猫直线行去。

李婉眼泪纷飞，边喊边追上去，雪米头也没回，话也没再说一句。

安琪上前拉住李婉，急促地问："你们都说了什么？他去哪里？"

其他人也是一头雾水，很想弄清楚雪米和李婉私聊了什么。

李婉没有让大家等太久，她指着水银虫，眼眸痛苦，"雪米把它留给我们，它会带路。他去机关处准备。"

七人静默不语，连呼吸都变得小心翼翼，内心沉重无比，气氛极度压抑。

淘淘打破沉寂说："放心，雪米的命我保了，只要他不出事，我愿意付出任何代价。"

他说得义薄云天，令李婉再次动容。

"雪米说他没有看错你们，他终于可以放心把我交给你们来照顾。"她眼神坚定地说，"我不会让他死的！一定不让！"

"我去了。"淘淘瞥一眼李婉，转身急走。

"你去哪里？"文文叫道。

"大丈夫一言既出，驷马难追，我当然是去机关处，同雪米一起消灭怪物。"淘淘大声说，眼神没有一丝波动。

李婉再次盯向淘淘，眼神真实而迷离。

伟明微微一笑，意味深长地说："那你快去吧，否则就跟不上雪米的脚步了。我暂时留下来同他们商量对策，很快会同你汇合。"

"我相信你能行！我恭候您的大驾。"淘淘调皮一笑，身影也跟着

蹿出去了。

其他人把视线搁在伟明和李婉身上,一副若有所思的样子。

"刚才雪米让你看了什么,是不是路线图?你跟我讲讲方位。"伟明已经把目光转身李婉。

李婉把他们叫到床边,翻了几页笔记细看,慢慢说:"有两条路通往大型机关处。一条是正道,路线曲折,障碍物颇多;一条是暗道,由冰层通过。"

"障碍物是什么?以我们的状况能否轻松通过?"伟明盯向笔记本。

"有峭壁、斜坡、沼泽、迷宫洞穴、地下水洞、水下通道和含咸水层的水塘,你们的资质我不太清楚呀。"李婉说。

"一路坎坷啊!"耶鹿两眼空洞地说。

李婉抱歉地说:"你的毒只能延后治疗,对不起!"

"如果你能治好我,我对你只有感激,正事要紧。"耶鹿坦然一笑。

伟明环视同伴一圈,"要经过七道障碍,我们人数有七人,看似刚刚好,其实不然,还得有一人去引怪,那么引怪由我负责,你们中需要有一人负责两道障碍。"

"我听不明白,你的计划是什么?"耶敏不解地问。

"我的计划是分步骤把怪引入机关处,一人负责一处把怪物引向下一处,由另一人接手引走,前面的人便能安全。目的是让怪物去机关处,所以为了避免误事,前面安全的人务必全身而退,万万不可前去探听敌情,以免怪物太过聪明,识破我们的计策。记得事先准备好躲藏处,我建议用障眼法。"伟明看向李婉,双眸幽暗,"你的体质柔弱,能行吗?一定要说实话,否则计划失败,后果难以想象。"

李婉轻笑出声,"你可知道我是闭气高手?"

"真的吗?"伟明惊喜,"我正愁由谁负责最后一道障碍呢?咸水层的含氧量低,水塘只能交由闭气高手,你真能胜任?"

李婉肯定地说:"等待的过程中我会在水中多多练习。"

"如果我能及时赶到,你就不用冒险了,我会从冰层去水塘。"伟明说。

"可是冰层极其寒冷,你肯定会受不住的。"李婉不免有些担心。

其他人也同她一样,却不知该说些什么。

伟明低笑,"你们都傻了,我们可是现代人,难道不会用滑板吗?多快捷方便的交通工具。"

"滑板?"李婉不懂。

其他人恍然大悟,但笑而不语。

"你不需要懂,我懂就行了。"伟明两眼带笑,"把冰层结构告诉我,有记录吗?"

"有。"李婉说,语带温柔,"爷爷为了子孙能够安全生活在洞穴,早就对洞穴进行盘查,一一做了详细记录,图纸很清楚,外加文字描述。"

于是,两人尽情地讨论冰层构造。

十分钟后。

伟明向大家剖析障眼法:"用外表迷惑怪物。我们七个人要装扮成同一个人的样子,比如脸部可以用自制面具,用衣装改制出七个面罩,只留眼鼻口出气,头发也要包起来,身上的穿着也要相同,衣服和鞋子用颜料涂成同一种颜色,黑色最合适,这样看起来就一样了。一路上怪物就会以为只是一个人在找碴,这就加大了生存概率,前面引怪的人便可以安全逃开了。因此人物替换时一定要在怪物看不见的地方,千万不要让怪物看见两人同时出现。"

"真聪明!"文文朝伟明竖起大拇指。

"李婉,你去换套衣服。"伟明让女生拿一套衣服给李婉。

接着,大家开始换装行动。

23 谋划

七人便一模一样出现了，不说话的话真难认出谁是谁。

李婉只是用有趣的眼光审视其他人，看伟明的眼光也多了一种信任。

安排妥当，伟明独自出发了。他先去了解路线，顺便做了标志，寻找怪物时也做了标志以防迷路。

没费多长时间，伟明就找到怪物了。怪物吸食的动静太大了，不被人发现都难。

他不敢贸然行动，躲在一角静观其特点，才能把握好如何下手引怪，同时也让同伴有足够时间做准备。

怪物已经变得越来越大，而且随时可以变形，可伸长缩短，出入任何地方并不困难。

它现在的样子如同一个鼓得又大又圆的皮球，不知道又吸食了多少生物，翼膜和翅膀还在身体两侧。有时候怪物还会弓起翅膀爬行，配上圆肚子恰似一只巨型蜘蛛；有时候它会用翅膀飞行，虽然飞不高，但气势一点都不输给任何猛兽。

它的肚子还是有许多脑袋隔着一层白膜争先恐后往前挤，凹凸不平的表皮如同长满了奇形怪状的疙瘩，只会让人越看越心惊。

肚子前端终于鼓出两只灯泡一般大的眼睛，几乎没有眼神，只是好蓝，如同蓝天般湛蓝、透亮，好像用清水洗过的蓝宝石一样。眼睛下还鼓出一张兽嘴，没有獠牙，好似一个吸人的黑色漩涡。

肚子后端也鼓出眼睛和嘴巴，这双眼睛是紫色的，怎么看怎么吓人，仿佛掌握了生杀大权，天生威力，蔑视天下。

24 绝地反击

伟明开始动手了。他用弩射箭,只敢远远攻击翅膀和翼膜,避免惹怒它发飙,一步一步引诱它追击他。

怪物可没闲着,一路追一路吸,身躯越来越庞大。不过怪物很挑食,看不顺眼的动物它只会杀死,十分残暴。

怪物在空中行走如风,周围飞沙走石,许多植物都被连根拔起,明智的动物早已逃得远远的。

伟明一直在风力范围外,若近身的话恐怕也会被吸食。

拐过弯,他迅速同胖墩子交换位置。

胖墩子现身引怪,而伟明已躲进石缝里。

怪物并没有表现异常,照样雄赳赳气昂昂地追击胖墩子。

看来障眼法成功了。伟明钻出石缝,朝冰层进军。

进入冰层,冷空气冻得他直打哆嗦,仿佛哈一口气也会被冻住。

他拿下背上的滑板,准备就绪。

洞穴玄机之被遗弃的外星人

冰层有高有低,光亮程度可以照出人影。伟明的身影在冰层之间起伏,高山流水般的环境,静得滴水可辨。

不知滑行了多远,前方漫漫长路清楚可见。他心中有焦虑有急切有忐忑,不知怪物在哪里了,不知同伴是否安全,不知机关处如何……

越过高地段,在水平线上驰骋,刺骨寒风逐渐加强。

伟明反而高兴极了,李婉说有风来袭说明机关处近了。

他侧耳倾听,有水流声,也有杂音,"叮叮咚咚"的声音特别响。

前面洞口越来越清晰,他的心一阵雀跃。

收起滑板,从洞口向外窥探,他看见雄伟的场面。

密集的树盘根错节生长在水塘边,藏青色的色泽如脉络缠绕一地,盘旋于峭壁。这是大型热带树木,根系错综复杂。

两扇巨大的钢铁门已经敞开,里面暖融融,有热气不断波动。地面树根遍布,形成一道奇观。顶部石壁是一个向下凸出的圆顶,圆顶发着绿光,上面长满密密麻麻的苔藓,圆顶正中央有几十根石柱支撑,与地连接,包围成一个圆圈,圈内发着红光,有白色火光如星光般跳跃。周围不时泛发刺眼的白光,那是矿石产生的。

那是岩浆?还是火山?伟明望着洞穴里的红光,心里联想到机关,难道——

哗啦——

水面涌动,一个脑袋露出水面。

"李婉?"

伟明跳出洞口,快速迎上去。

李婉爬出水面，急急地说："来了！怪物来了！"

"你赶快躲到冰层里！"伟明指向不远处的冰窟窿，"由我引怪物进去。"

李婉望一眼钢铁门，语气一点都不示弱："不行！我也要进去。"

"你不要固执了，进去可能就出不来了。"伟明警示她。

"我不在乎，因为雪米在里面，还有淘淘，当然也有你。"李婉抓住他的手臂不放，好像怕他丢弃自己。

"他们安全了。"她补充说。

"好吧。"伟明实在拗不过她，只好妥协。再说水塘开始剧烈晃动了，一圈一圈水纹越跳越高，暗流在水下动荡不安。

很快，水面掀起滔天骇浪，怪物露头了。

伟明把李婉护在身后，两人急速后退。

怪物从水中跃出，稳稳落在水畔边，地面被震出了裂缝，树根都松了好几节。

伟明举起弩，两箭齐发，再次射中它的翅膀。

"快跑！"他拉起李婉的手迅速逃往钢铁门。

怪物追得风生水起，一头撞进门里。

砰——

两扇钢铁门自动关闭，发出巨响。

"你们怎么进来了？"

急切的喊声从头顶传来，仿佛有扩音器，音量很大。

伟明和李婉放眼四望，什么都没有发现。他们感觉这里面好热，好

洞穴玄机之被遗弃的外星人

像火烤一般,跟熔炉没两样,汗水早已湿透一身衣裳。

两人扯掉黑面罩,大口大口地呼吸。

"在这里!"

头顶一个小洞溜出一根绳索。

"你先过去!"伟明推了她一把,两眼警惕怪物的动静。

李婉犹豫了一下,正要说点什么。

哪知怪物已经怒了,它朝他们两人奔来,一排翅膀横扫过来。

两人立刻被风浪卷走,砸落在树根上,疼得他们直不起腰。

淘淘的声音再次传来,带着责备,"伟明,你是傻子吗?看到岩浆还敢进来,我不相信你猜不出机关是什么,为什么带着李婉进来?"

"我以身试险还不是为了引怪,若我们躲起来,它见不到人恐怕就回去了,这也是以防万一。"伟明捂住胸口,急忙辩驳。

"可是你不应该再带人进来!"淘淘责怪的口气十分浓烈。

"是我要进来的,要怪就怪我吧。"李婉匆忙解释,勉强坐起来。

"小心!"伟明惊叫,身体早已扑过去。

李婉只觉得身体被推倒,眼前一黑,好像被什么压住了,一股青草香扑鼻而来。

还没反应过来,头顶一声惨叫惊得她脑袋一片空白。

是伟明扑倒了她,替她挨了怪物一记翅膀。

他背上的衣服破了,一条血痕烙在脊背上清晰可见。

小洞已经变成大洞眼。淘淘趴在洞眼处,举弩瞄准怪物的眼睛。

嗖嗖嗖嗖嗖!

五箭齐发，如风扫向怪物，也阻止了它的动作。

一声声破皮入肉的"吱"响令人不寒而栗。

"耶！偷袭成功！"淘淘刚刚笑开，很快脸上的表情就僵住了。

五箭虽然射中怪物的眼睛，可是怪物好可怕，五支箭瞬间被它眼中流出的一种黑液融化，然后箭消失，它的眼睛在同一时刻修复完整，明亮如初。

伟明和李婉预感不妙，也趁机跑开了，连震撼都没来得及反应。

果然，怪物朝淘淘那里攻去了。

淘淘身边还有雪米，他就站在一排按钮前，迟迟没有下手就是因为下面还有人。

淘淘赶紧从绳索上晃下来，他不能让怪物灭了机关。

他刚落地，怪物就转身扑上来了。

淘淘拔出短刀，向前直刺。

刀口没入怪物的肚子，狰狞的大嘴仿佛要把他吃了，黑液爬上短刀，他不由松开手，手上有一股电流传来，差点把他电死。

"啊——"

淘淘惊叫着，踉跄奔逃。

怪物似乎得意非常，在他身后一颠一颠地跟着，不时拍拍翅膀示威。

"本来原想瓮中灭鳖，结果却是鳖灭我们。"淘淘嗷嗷大叫，"伟明，救命啊！"

怪物似乎很兴奋，正和淘淘玩老鹰捉小鸡。

洞穴玄机之被遗弃的外星人

淘淘逃得很辛苦，不时被狂扫过来的大风送到峭壁上，然后他用力扒着岩石滑下来，皮肤破了不少细小的口子。

"看准时机爬上绳索，知道吗？"伟明拍拍李婉的肩膀，轻声叮咛。

"那你们——"李婉咬住唇。

"我们也会上去，你若不上去就会连累我们，我们三人中你最弱，不是吗？"伟明用如羽毛般轻柔的声音说。

"我明白了。"李婉转身跑开了。

伟明眼睛盯在怪物身上，将它打量了个透。

"反物质是够强大，现在看来它还处于萌芽期，若不尽快除掉，恐怕以后它就可以唯我独尊了，再想杀它会比登天还难。"他说，不是说给自己听，而是说给淘淘听。

淘淘点点头，脚步没停过，早已累得大呼小叫。

"我们怎么办？"

伟明眯了眯眼，眸子如琉璃一般清透，"你上去，我来对付它。"

"我都不行，你能行吗？"淘淘有点自夸了。

伟明微微一愣，又轻轻一笑，"别忘了，我出生探险世家，身手比你灵活多了。"

"那我闪了！"淘淘暗叹：还笑得出来！

淘淘把怪物引向伟明所在地。两人交错而过时，伟明说了一句："让李婉问雪米陷阱是什么，我可不想吃哑巴亏。"

"一定转告！"淘淘高声答应。

怪物缩回翅膀，做蜘蛛爬，它转了一圈，紫色眼睛对准伟明，这一双眼睛特别有神，暗含毒光。

伟明刚与它对视，对方就从眼睛里激射出两股白色毒液。

他慌忙躲闪，衣角被毒液湿透，冒出了一团团白烟。

他挥刀割断衣角，收刀时另一只手已取下腰间的勾索。

呼啦啦——

勾索被他耍得虎虎生威。

双手一甩，钩子朝怪物扫去。

怪物急退两步，两只翅膀被扫断。

伟明左手换右手，再次朝它掷钩子。

啪——

五只翅膀断裂。

钩子在空中翻飞，如虎添翼般扑向怪物。

啪——

十只翅膀骨折。

怪物用恶毒的眼光看着伟明。

啪——

十只翅膀分离。

伟明耍得太快，把怪物打得节节败退。

怪物用狠狠的目光直瞪伟明，爬姿有点不稳。

李婉和淘淘都爬上去了，他们都没想到伟明还有这一招，早看呆了。

"机关设置的陷阱是什么？"伟明趁空问一声。

"落石加地陷,地下可是岩浆,保证万无一失,即使它长了翅膀也没用。"淘淘怔怔的表情说。

"那我的命岂不休矣!"伟明苦笑着说。

"莫悲观,你不是身手敏捷吗?"淘淘开玩笑说。

"你当我是超人啊!"伟明说,继续挥舞钩索,动作进了一步。

钩子朝怪物的肚子飞去。

怪物突然变身了,圆滚滚的身体拉成长蛇形,翅膀和翼膜全被它甩出了身体,与钩子相撞,拦住了伟明的攻击。

伟明还没拉回钩子,蛇形怪物一下子立起来,高达十几米,头顶四只眼睛,一对蓝眼,一对紫眼,嘴巴倒是合成了一个。一张嘴,黝黑的黑洞好似要吸尽万物,那股吸力如大浪袭卷伟明。

伟明使力挥出钩索缠住一根石柱,双手紧紧拽着绳索在手臂上绕几圈。

吸力撕扯着他的身体,他拼命拉住绳索,身体悬浮在空中。

两力相争,愈演愈烈。

忽然身体一轻,急速落地。

25 与你同行

"小心!"

"它扑过来了!"

李婉和淘淘同时大声惊叫。

伟明一惊,现在双手和绳索紧紧缠在一起,短时间根本难以脱身。

身下已出现另一重阴影,头顶的大嘴黑洞就要罩下来了。

伟明的呼吸几乎停止,不止他,李婉和淘淘也愣神了。

突然身体又是一轻,伟明感觉自己飞起来了。

原来是雪米及时出手了,他蹿到石柱上扯走了绳索,伟明便飞了过去,逃离了魔爪。

雪米飞身上去,搂住伟明下地。

伟明惊魂未定,一时没有回过神来。

雪米松开他,急速逃走,引开怪物。

淘淘和李婉刚松口气,紧张的气息又提起来。

伟明愣愣地看着怪物和雪米的身影,心中有些不是滋味。

雪米比猴子还能爬,不停在峭壁间与怪物兜转。

"伟明,雪米叫你上来。"李婉目光幽深,"他的身手比你强。"

"我相信他会没事的。"她在心里补了一句。

伟明也不啰嗦,依言行事,快速顺绳而上。

李婉看到他双手都是红肿的勒痕,目露担忧,却也没说什么,赶紧把视线移回雪米那里。

淘淘问了一句:"你没事吧?"

"有事的人不是我。"伟明紧紧盯向雪米。

"淘淘,收绳。"李婉的两眼一眨不眨地盯着目标,"雪米说的。"

淘淘没废话,默默拉回绳索。

"等一下,我开机关,你们两个用箭拦一下怪物,雪米要上来。什么时候开始由我来说。"李婉望着前方,竖起耳朵倾听雪米说的话。

怪物又变形了,变成又高又大的狗熊形状。它直立后肢,高达顶部,然后用前肢当巴掌,像拍苍蝇一样拍向扒在岩石上的雪米。

黑色巴掌袭来,雪米闪身跳开,身后又来一掌,他慌忙再闪。

一掌接一掌,他有点应接不暇,体力在下降。

峭壁被巴掌打得四分五裂,碎块落满地。

李婉多看了两眼,转身走到按钮前面,嘴里默念:

"十、九、八、七、六、五、四、三、二、一。"

她又高喊:"开始!"

十支箭从两张弩上面飞射出去,十箭没入怪物体内。

怪物停下动作,愤恨地瞪向淘淘和伟明。

雪米趁机窜向他们。

啪啪啪啪……

势如破竹的声响回荡于耳,按钮全被启动了。

雪米的身影刚钻入洞眼里,整个洞穴摇晃起来,顶部落下一块块巨石,如雨急下,洞顶变得越来越高,巨石也越落越多,宛如一层层沙石被揭去。

怪物被巨石压得分不开身,惨叫声不断。

它正要变身逃离，身下突然裂开一个洞，紧接着，整块地皮全面陷下去，连树根也似被什么东西截断，一下子都沉入地下。

岩浆滚动，在怪物身上拉扯，一点一点焚烧它，灭毁它。

它的身体一下子爆炸开来，体内窜出许许多多的动物，各种疯狂的叫嚣声如同来自地狱，一只只动物遇到岩浆就灰飞烟灭了。

不可思议的是反物质出现了，它如同光芒四射的太阳，又似北极光璀璨生辉，而岩浆恰似魔鬼张开大口拼命地吞噬它。

这一刻，反物质几乎发出了极限力量，差点就要从岩浆里跳出来。

上面的人早已看得心惊肉跳，他们压抑着恐惧，以及其他纷乱的情绪。

雪米也是极度惊慌，他敲开一块石头，里面露出一个红色按键。

当他启动按键，一张激光网一下子罩住反物质，使它不得动弹，想逃出生天的可能也被剥夺了。

他们连大气不敢出一下，紧张地看着，汗水不停地冒出来，脸上红彤彤，全身都在冒红光。

反物质变得狂暴起来，在岩浆里躁动，一大片岩浆翻滚起来，如同滚动的红色河水。

然后，火红的岩浆居然被反物质给冻结了，变成一块块灰色化石。

似乎是一种连锁反应，化石的范围越来越广，波及四周，快速上升到峭壁。

正当淘淘他们大惊失色时，化石力量停在了他们脚边，他们的脸都吓白了。

接着，余下最后一声惨叫在空气中回荡，久久徘徊于耳，声音太惨烈了。

反物质挥发了所有力量，同岩浆同归于尽，把自己也给石化了。

钢铁门早被岩浆溶化了，热浪依然存在，几乎可以把人烤化。

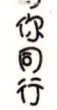

洞穴玄机之被遗弃的外星人

淘淘、伟明、李婉和雪米迅速撤退，从机关处隐藏的密道逃出。

当呼吸到清新的空气，他们都轻轻吁了一口气，心中所有的焦虑都松懈了，只是身上热辣辣的，看来是热气灼伤了皮肤，还好不严重。

他们身处一块空旷的草地，周围还是峭壁环绕。

身后一只动物蹿到雪米身上，是火王猫，它浑身湿漉漉的。

雪米轻抚它的皮毛，眼神十分亲切。

"奇怪，火王猫去了哪里，怎么现在才出现？"伟明问。

淘淘和李婉也是刚刚意识到这个问题，之前光顾想着如何除去怪物，火王猫不在雪米身边倒没注意。

雪米从嘴里溜出一串外星语，李婉恍然道："钢铁门的机关有一个小零件坏了，隔一小会儿就会松开，这样的话门就无法关闭了。所以雪米派它去顶住小零件，小零件在水里。火王猫的另一个本事就是可以在水里换气。"

一阵清亮的嗓音从侧面传来：

"淘淘，伟明，李婉，雪米——"

"你们没事太好了！"

"我们等你们好久了。"

"你们受伤了？"

"脸怎么那么红？"

淘淘、伟明、李婉和雪米同时扭头朝声源处望去，看到了文文、安琪、胖墩子和双胞胎。

"不过，李婉看起来更加娇俏可爱了。"胖墩子加了一句恭维话。

"切！"耶敏对他嗤之以鼻。

"又不是说你，你也没那个资格。"胖墩子不客气地回嘴。

"你说什么？"耶敏伸出一脚狠踢。

"哎哟！"胖墩子挥起拳头。

耶敏慌张逃开，还回头大叫："姐姐，姐姐，快点拦住他，他发疯啦，是一头疯熊。"

"敢说我是熊的人还没出生呢！"胖墩子紧追不舍。

"屁话，我不是活生生的就在眼前，还没出生呢？哼！"耶敏不停地喘着气说。

耶鹿可不会让妹妹受欺负，她加入了护妹行动。三人就此形成你追我赶的搞笑场面。

李婉望着他们三人，不禁浅笑，瞥到伟明受伤的手，笑容消失，"你的手该包扎一下。"

伟明微笑，好听的声音如同古琴音般悦耳，"一点儿小伤，不碍事。"

淘淘有点不高兴了，他看着李婉努嘴说："我也受伤了，你看，你看。"他指着身上被刮破的地方，"这么多伤，不如你帮我涂点红药水，怎么样？"

李婉把他从头到尾看一遍，抿抿嘴唇说："一点小伤，不碍事吧？"

"什么？你怎么可以把他的话用在我身上？"淘淘不依不饶地说，"不公平，这不公平。"然后他做出虚弱状，"我受了内伤，你可知道？"

文文和安琪同时上前扶住他，满脸担忧，一人说了一句：

"淘淘，你真的受内伤了，看！脸色都变差了。"

"淘淘，你不会要死了吧？"

两个女生说得十分动情，李婉看着有点不好意思，拉了淘淘一把，歉意浓浓地说："淘淘，你没事吧？我帮你涂药好了。"

"好啊！"淘淘两眼放光明。

李婉扶着淘淘走到一旁，两个女生没有跟过去。

不过，两个女生和淘淘偷偷换眼色可是被伟明逮了个正着，他也不道破，只是忍不住笑逐颜开。

洞穴玄机之被遗弃的外星人

雪米疲惫不堪,他坐在地上休息,两眼一直随着李婉的移动而移动。火王猫乖乖地伏在他怀里。

过了一会儿,他开口同李婉说了一些话。

李婉恋恋不舍的眼神在雪米身上流连,"雪米说他要送我们离开洞穴,由水银虫带路。不过,我不想走,雪米一个人会孤单的。"

七人听后都难过得低下头。

雪米似乎知道她在说什么,眼神刻意变得冷冷的,又对她说了几句狠话。

李婉大受打击的样子,眼神受伤且痛苦。

"好吧,我跟他们走,我知道你是为了我好。"她说这话时很是沮丧,目光深深地凝视雪米。

七人听后一阵欣喜。淘淘连眼泪都出来了。

雪米闭上眼睛不看她,抱着火王猫转身走进一个洞窟,水银虫从他耳朵飞出来,把他的脸庞照得异常雪亮,一种说不出的忧伤似乎在他脸上化不开,散不去。他扭过头看了她最后一眼,也说了最后一句话。

李婉仰起头来,一颗颗饱满的泪珠滚落,她柔柔地笑着,头顶一束阳光透过缝隙洒在她的额头上,光影流连,宛若清莲盛开,她的声音柔如流云:"我会照顾好自己的,雪米——"

这一刻,七个探险者都好感动,晶亮的泪花在不知不觉中涌现。

"对了,解毒!耶鹿还没解毒呢。"

不知是谁用叫声化开了愁云惨雾的时刻。

"对了,淘淘,你千万不要宠坏了李婉,否则她要是变成恶女,我可饶不了你!"伟明坏坏地笑着。

"你,你偷听我说的话!"淘淘狠狠地说。

"那个,那个,我没有说过要住淘淘家里。"李婉不缓不急地说。

"什么,我们不是说好的吗?你将来……不当我媳妇了?"淘淘含糊地说，声音很小，别人听不见。他脸上却火烧般红起来，不过脸已经灼红了，别人看不出来。

"住我家！"

"住我家才好！"

"还是住我家吧？"

"住我家不错。"

"我家最好，就住我家得了！"

文文、安琪、胖墩子和双胞胎开始了一轮唇枪舌剑，谁都不让谁半分。

伟明幸灾乐祸的表情，邪邪一笑，"不如去我家吧，我保证一定不会让你哭。"

淘淘马上摆出一张臭脸说，"休想！你跟着凑什么热闹，一边去。"

伟明哈哈大笑，满脸无所谓的欠扁样。

李婉根本没有机会开口，只能无奈地摇头，再摇头。

"抓阄，抓阄最公平！大家一起来抓阄！"

不知是谁一声吼，掐断了吵闹的纷争。

又一轮哄抢大战开始了——抓阄。

"抢绣球也没你们起劲呀！"李婉在一旁唉声叹气，苦笑连连。

伟明望向李婉，就这么看着她傻傻地笑，只觉得连呼吸都是甜的！

因为抓阄时，他抓到了李婉的名字。

前不久刚失去一个亲人，上天又给他送来了一个亲人，他怎能不乐。

淘淘只能两眼垂泪。

二十四小时后，他们出去了，耶鹿的毒解了。

少年探险队来的时候为七人，回去的时候人数变成八个。